Die Autorin Doris Zielke, Jahrgang 1964, wuchs in Wasserburg auf. Sie lebt nun mit ihrer Familie im Rhein-Main-Gebiet und arbeitet auch weiterhin als Sekretärin im Gesundheitswesen.

„Auf gute Nachbarschaft" ist ihr zweiter Roman. 2015 erschien ihr Erstlingswerk „Stromgänger", ein historischer Roman, welcher ebenfalls in Wasserburg am Inn spielt.

Doris Zielke

Gartenzaun Connection

© 2020 Doris Zielke

Umschlagbild: Diana Metzig-Bartl
Lektorat: Karina Przybilla
Satz und Gestaltung: Meinhard Zielke

Verlag & Druck:
tredition GmbH, Halenreie 40-44, 22359 Hamburg

ISBN
Paperback   978-3-347-09926-5
Hardcover   978-3-347-09927-2
e-Book   978-3-347-09928-9

In Liebe und Dankbarkeit für Tante Irmgard

Falls Sie in dem einen oder anderen Charakter oder Querkopf ihren Nachbarn wiederzuerkennen glauben, Ähnlich-
keiten mit lebenden Personen sind nicht ganz auszuschließen, allerdings so verfremdet, dass es „der oder die Oane
sein kanntat, oder aba a net …"

***

Alle Drogenmischungen sind ausschließlich meiner Phan-
tasie entsprungen und bei Nachahmung mit Sicherheit
auch in kleinen Dosierungen absolut tödlich!
Es handelt sich um eine rein fiktive Geschichte in einer
fiktiven Straße!

Prolog

„Tödlicher Schnupftabak kostet Menschenleben"

Roland K., 62 Jahre, ist nach zwei Tagen im Koma auf der Intensivstation des Universitätsklinikums Rechts der Isar verstorben, nachdem er Schnupftabak, welcher mit giftigen Substanzen vermischt war, geschnupft hatte. Die Kriminalpolizei schließt einen Anschlag, der auf Roland K. persönlich gerichtet war, mittlerweile aus. Nun ermittelt sie, ob vergifteter Schnupftabak in Umlauf gebracht wurde, um der zu neuem Glanz erblühten Schnupftabakindustrie nachhaltig zu schaden.

Nachdem der Schnupftabak jahrzehntelang ein Mauerblümchendasein frönte, ja fast ganz aus der bayerischen Tradition verschwunden geglaubt war, hatte es seit letztem Jahr eine beispiellose Renaissance erlebt, die weit über Europa hinaus Furore macht.

Die Erfindung der Brüder Bachmeier, das Schnupftabak-Dosier-Gerät namens „Schnupfler", in Herzchenform auf den Markt zu bringen, wurde der Oktoberfest-Verkaufsschlager des letzten Jahres, denn die Schnupftabakindustrie erkannte den neuen Trend schnell. Die Produktion wurde um Schnupftabak mit Heilkräutern und Duftaromen, wie die beliebte Vanille, erweitert. Mittlerweile haben auch der Buchmarkt und das Internet den neuen Trend aufgegriffen und Ratgeber zur richtigen Anwendung von Schnupftabak bei verschiedenen Leiden auf den Markt gebracht.

Doch nicht alle sind glücklich über den großen Zuspruch der neu erblühten Schnupftabakeuphorie. Alois Brandner, Vor-

sitzender des Schmalzler e. V., ein Verein zur Pflege des Konsums von Schnupftabak im Speziellen und Wahrung bayerischer Traditionen im Allgemeinen, äußerte sich sehr kritisch. „A Schnupftabak is nix fir die Weiba und scho gar nix für'n Chinesn. Und a Schnupftabak is a Schnupftabak und net so a Gmisch aus lauta Zeigs." Nachdem Herr Alois Brandner seinen Standpunkt in der Aktuellen Stunde des Bayerischen Fernsehens geäußert hatte, prasselte ein Shitstorm seitens des weiblichen Geschlechts über den Schmalzler e. V. im Allgemeinen und Herrn Alois Brandner im Besonderen herein.

Dennoch muss nach den Recherchen des Bayerischen Boten konstatiert werden, dass Herr Alois Brandner mit seiner Meinung nicht allein ist. Eine nicht genau definierte Anzahl an Menschen, die die bayerische Tradition in ihrer Urform verteidigt wissen wollen, sieht eine Verkitschung ihrer Werte in Form des Schnupflers und der neuen Schnupftabakmischungen.

Wenn sich nun herausstellen täte, dass der vergiftete Schnupftabak kein Anschlag auf die Person des Roland K. wäre, sondern ein Anschlag auf die neue, modernere Form der Schnupftabakindustrie, dann wäre ein immenser finanzieller Schaden nicht auszuschließen, der hunderte von neu geschaffenen Arbeitsplätzen gefährden könnte.

Die Kriminalpolizei München hat daher die Sonderkommission „Schnupftabak" gegründet, um alle Möglichkeiten zu sondieren und die Ermittlungen voranzutreiben.

Der Bayerische Bote wird weiter berichten.

1. Kapitel

‚Was für ein knackiger Hintern‘, dachte Karin Müller. Die Feststellung stimmte, doch falsch an der Situation war, dass besagtes Gesäß entblößt in *ihrem* Bett im schnellen Rhythmus auf und nieder schwang, während unter Andrew ein weibliches Wesen stöhnte. Karins Hand suchte Halt am Türrahmen. Während sie noch überlegte, weshalb sie ausgerechnet jetzt, jetzt in diesem Moment über den Hintern ihres Freundes nachdachte, während doch eigentlich ihre Welt zusammenbrechen müsste, wuselte unter dem Männerkörper ein Kopf roter Locken hervor. Das erschrockene Quieken begriff Andrew fälschlicherweise als Aufforderung zur Leistungssteigerung, woraufhin die Frau mit einer Faust auf ihn einzuschlagen begann und ein schrilles „no, no, stopp, oohhh, ooohh …" dazu schrie. Die weit aufgerissenen panischen Augen des roten Lockenköpfchens bremsten Andrew, dem langsam zu dämmern schien, dass hier gerade etwas ziemlich schieflief.

„Warum bist du nicht im Laden?"

‚Typisch‘, dachte Karin, ‚ich denke in so einem Moment an Hintern und Andrew daran, wieviel Geld er verliert, während sein Souvenirgeschäft vor Edinburghs Burganlage geschlossen bleibt.‘

Cool jetzt, ganz cool! In ihren Ohren rauschte es, vor ihren Augen tanzten rote Punkte und am liebsten wäre sie auf die Toilette gestürzt, um sich zu übergeben. Aber nicht vor den Beiden! Sie würde nicht weichen, sie hatte niemanden hintergangen, sollten Andrew und Rotkäppchen doch zusehen, wie sie aus dem Bett herauskamen, während sie in der Tür stehen blieb. Sie schwieg. Hielt sich am Türrahmen fest, kniff ihre Augen in gefährliche Schlitzposition und schwieg.

„Karin!", Andrew, dessen Highlander Gene in solch einer Situation automatisch hochploppten wie Sektkorken an Silvester, hatte noch nicht einmal seine Position gewechselt. „Es tut mir wahnsinnig leid, dass du es so erfährst." Jetzt bequemte er sich doch noch, nach der Bettdecke zu angeln, „wir reden gleich."

„Oh, duuuu willst reden? Duuuu? Ich will, dass ihr in zehn Minuten aus meiner Wohnung verschwunden seid!"

„Karin?"

Karin drehte sich auf dem Absatz um.

„Karin! Das ist meine Wohnung."

Leider auch wieder wahr. Sie war nur die Kraut, die Deutsche, die bei ihm eingezogen war und gehofft hatte, hier in Edinburgh, zusammen mit ihrem Traummann, ein Zuhause zu finden.

Was für ein verdammter Mist!

Sie riss die Wohnungstür auf und Mrs Clark, die betagte Dame von der Wohnung gegenüber, fiel fast kopfüber in Karins Arme. Natürlich, der alte neugierige Drache wusste längst von Andrews Seitensprung und wollte sich, das Ohr an die Wohnungstür gepresst, nichts entgehen lassen. Das schuldbewusste Lächeln, während sie ihre violett ondulierte Haarpracht in Form zupfte, sprach Bände. Im Hintergrund hörte sie Andrew, der wie ein wild gewordenes Känguru auf sie zu hüpfte, während er verzweifelt versuchte, in das zweite Hosenbein seiner Jeans zu schlüpfen.

‚Nur raus hier!' Die Tränen ließen sich nun nicht mehr zurückhalten, Karin suchte nach einem Fluchtweg und ihr Blick fiel auf die Eingangstür von Mrs Clark. Sie schob die alte Dame zur Seite und rannte zur Nachbarswohnung, die diese heuchlerische Schabracke einen Spalt weit offengelassen hatte, um einen schnellen Rückzug nach ihrem Lauschangriff zu garantieren. Das empörte „Hey!" missachtend, erstürmte Karin den Hausflur der Nachbarwohnung, knallte die Wohnungstür zu und erreichte gerade noch rechtzeitig das kleine Bad, bevor ihr Mageninhalt den Weg nach oben fand.

Wie hatte sie sich so in Andrew täuschen können? Warum musste er ihr das antun? Sie hatte doch ihr altes Leben für ihn aufgegeben, war in Schottland geblieben, in der Hoffnung hier endlich Heimat zu finden. Karin richtete sich wieder auf und ließ ihren Blick über Mrs Clarks himmelblaues Plüschdesign wandern, das das Badezimmer dominierte. Karin beugte sich über das Waschbecken und fragte sich zum tausendsten Mal, weshalb die Schotten jahrhundertelang Krieg mit England geführt hatten, aber an einer so dämlichen Tradition des britischen Empire festhielten, einen Wasserhahn mit kaltem Wasser *und* einen Wasserhahn mit heißem Wasser an *einem* Waschbecken so weit voneinander zu platzieren, dass es unmöglich war, fließendes lauwarmes Wasser aufzufangen. Aber eigentlich war es ja diese gewisse Verschrobenheit, dieser Stolz auf die eigene Herkunft und die eigenen Macken, die es Karin in Schottland leicht gemacht hatten, sich sofort wohl zu fühlen. Das erinnerte sie an ihre ursprüngliche Heimat, ein kleines mittelalterliches Städtchen namens Wasserburg in Oberbayern. Hier war sie bei ihrer Tante Hildegard aufgewachsen, nachdem ihre Eltern, beide Reisejournalisten, bei einem Autounfall in Bangladesch ums Leben gekommen waren.

Es läutete Sturm. „Geschieht dir recht du alte Widerwurzn", murmelte Karin, „du hast mich ja noch nie leiden können, bloß weil ich eine Deutsche bin. Wahrscheinlich hast du Angst, ich könnte deinen ganzen kitschigen Nippes klauen!" Die Tränen strömten immer noch in Sturzbächen aus ihren Augen.

Nachdem sie sich ihren Mund ausgespült und wieder aufgerichtet hatte, ging sie zum Fenster, zog die hellblauen Polyestervorhänge mit den weißen Schäfchenwolken beiseite, öffnete das Fenster und sog tief die frische Luft ein.

‚Was jetzt? Wohin jetzt?' Bevor Mrs Clark die Nationalgarde herbeirief, um sie mit Handschellen aus ihrer Wohnung zerren zu lassen, brauchte sie einen Plan. Mist! Alle Freunde in Edinburgh waren vor allem Andrews Freunde, die mit Sicherheit zu ihm halten würden. Dort war keine Zuflucht zu finden. Außerdem brauchte sie jetzt einen Ort, an dem sie sich verkriechen, heulen und ihre Wunden lecken konnte.

Das Geklingel hatte mittlerweile aufgehört. War das die Ruhe vor der Erstürmung durch Sicherheitskräfte? Sie zog das Fenster wieder zu, eine Hand blieb am Vorhang mit dem Design „Schäfchenwolken auf blauem Himmel" hängen. Nirgendwo gab es einen so blauen Himmel wie in Bayern, wie gerne würde sie sich direkt dorthin beamen, am Chiemsee entlanglaufen, Steine in den See pfeffern und anschließend nach Wasserburg zurückfahren und in dem Café am Marienplatz ein fettes Butterbrot mit draufgestreutem, frischem Schnittlauch bestellen. Die Zähne in ein richtig dunkles Brot mit knuspriger Kruste versenken. Und dann bei Tante Hildegard ihr Herz ausschütten. Ihre Tante, die sie vor vielen Jahren aufgenommen hatte und sicher krampfhaft versuchen würde sich nicht anmerken zu lassen, wie erleichtert sie war, dass die Episode Andrew vorbei war. Ein erstes Treffen zwischen Tante Hildegard und Andrew war nicht so verlaufen, wie es sich Karin gewünscht hätte. Auch wenn sie nichts sagte, so hatte Karin doch die Vorbehalte ihrer Tante gegen Andrew gespürt.

Mist, Mist, Mist! Die Tatsache, dass ihre Tante mit ihrer Menschenkenntnis Recht behalten hatte, hielt sie ab, sich eine Tasche zu schnappen, ein Flugticket nach München zu besorgen und Trost bei ihrem einzig verbliebenen Familienmitglied zu suchen. Nicht zu vergessen Streuner, dem rabenschwarzen Kater, dem sie seit jeher alle Geheimnisse anvertraute.

Jetzt klopfte es an der Wohnungstür. „Karin, Karin, öffne bitte die Tür!" Andrew!

Karin setzte sich auf den Badewannenrand. Wie sollte sie nachdenken bei diesem Lärm? Sie rollte sich reichlich von dem rosafarbenen Toilettenpapier ab und schnaubte sich trompetend die Nase frei. Wie sie es drehte und wendete, sie würde wohl in den sauren Apfel beißen und ihrer Tante erklären müssen, dass sie erst einmal wieder bei ihr unterschlüpfen müsste. Mist, elendiger!

Das Geklopfe wurde lauter. „Karin – öffnen – wichtiger Anruf – Tante – Deutschland.", klang es dumpf vom Hausflur durch die geschlossene Tür.

Karin horchte auf. ‚Na so was‘, dachte sie gerührt, ‚hat Tantchen wieder den siebten Sinn, dass ich ihre Hilfe brauche.‘ Halb resigniert, halb erleichtert tupfte sie sich die Tränenspuren aus dem Gesicht, entsorgte den rosafarbenen Papierklumpen in der Toilette und trat in den Flur. Das Klopfen verstummte erst, als Karin die Wohnungstür öffnete. Mrs Clark erklomm ihr Reich wie eine abgeschossene Rakete, drängte sich empört an Karin vorbei, schubste sie energisch hinaus und schloss mit einem lauten Knall die Wohnungstür. Na, die würde es sich zweimal überlegen, wie sie die nächsten nachbarschaftlichen Lauschangriffe plante! Jetzt stand Sie Andrew Auge in Auge gegenüber.

„Es tut mir wirklich leid", so betreten hatte Karin Andrew noch nie gesehen, als er ihr das Telefon entgegenhielt.

Mit einem Kopfnicken Richtung ihrer noch, oder besser gesagt ehemaligen, gemeinsamen Wohnung fragte Karin, „ist Rotlöckchen noch drin?" Andrew schüttelte verneinend den Kopf. Karin ging zurück in die Wohnung, Andrew folgte ihr zögernd. Sie seufzte laut auf, hielt das Telefon an ihr Ohr und sagte, „Hallo Tante Hildegard."

Kurzes Schweigen am anderen Ende der Telefonleitung.

„Hallo, hallo, Tante Hildegard, bist du noch dran? Es tut mir leid, dass ich dich so lange habe warten lassen. Hier ist einiges passiert." Sie seufzte laut und theatralisch auf. Besser, die Tante schon einmal seelisch darauf vorzubereiten, was nun kommen sollte.

„Karin?" Das war zweifelsohne eine männliche Stimme. Irritiert sah sie auf das Telefondisplay. Das war doch die Vorwahlnummer von Wasserburg?

„Karin!", nochmal diese belegte Stimme, „Hier ist Florian." Und bevor sie ihn, ihren Freund aus Kindertagen begrüßen konnte, fuhr er schon wie gehetzt fort, „Karin, du musst sofort herkommen. Es tut mir leid, aber ich muss dir mitteilen, dass deine Tante letzte Nacht verstorben ist."

Hinter ihr fiel eine Tür ins Schloss.

2. Kapitel

Karin starrte fassungslos auf das Gepäckförderband im Münchner Flughafen Franz-Josef-Strauß, auf welchem einsam ein Rucksack, der definitiv nicht ihr gehörte, seine Bahnen zog. ‚So viel Pech kann doch kein Mensch haben', dachte sie wütend und sah sich hilfesuchend nach einem geeigneten Opfer um, das sie für diese weitere Misere in ihrem Leben verantwortlich machen konnte. Doch mit ihren verheulten Augen und der roten Nase zog sie einen unsichtbaren Bannkreis um sich. Die Trauer um den Tod ihrer geliebten Tante und Andrews Verrat hatten sie mit voller Wucht getroffen. Wie sie es letztendlich geschafft hatte, ein paar Sachen zusammen zu packen, das Flugticket zu organisieren und es in den Flieger zu schaffen, war ihr im Nachhinein ein Rätsel. Der Nebel voller Schmerz lichtete sich erst, als sie am Gepäckförderband stand und ergebnislos auf ihre zwei Koffer wartete.

Auf der Suche nach einem Schalter, an dem sie ihr Gepäck als vermisst melden konnte, passierte sie ein Kleinkind, das sich wütend kreischend auf dem Boden wälzte. Ach, wie gerne würde sie sich jetzt direkt neben dem Balg auf den Steinfliesen wälzen und ihren Frust herausschreien!

„Entschuldigung, Entschuldigung", stoppte Karin eine afrikanisch aussehende Reinigungskraft, die eigentlich auf einen Pariser Laufsteg gehörte als in diesen potthässlichen Polyesterkittel und die mit ihrem schweren Materialwagen nicht schnell genug die Flucht ergreifen konnte, „wo kann ich mein Gepäck als vermisst melden?" Die Angesprochene sah sie mit großen Augen an, und Karin seufzte tief auf, ‚war es so schwer Personal mit minimalen deutschen Sprachkenntnissen zu finden?'

„Da müssn's zum Gepäckschalta", wurde sie schnell eines Besseren belehrt, „aba deswegn müssn's net woana, meistns taucht da Koffa schnell wieda auf." Die afrikanische Schönheit lächelte ihr aufmunternd zu und deutete auf einen Schalter direkt vor ihr, auf dem groß und sichtbar ein Schild mit „Lost and Found" angebracht war. Karin fühlte sich etwas besser, bis sie an der Reihe war und sie detailreich Angaben zu ihren zwei verschollenen Koffern machen konnte. Während die Mitarbeiterin am Schalter ihr das Formular ihrer Gepäckverlustmeldung aushändigte und sie explizit darauf hinwies, dass sie bei allen Rückfragen die darauf vermerkte Referenznummer angeben musste, klingelte Karins Handy. Abgelenkt von dem Gebimmel stopfte sie geistesabwesend das Formular in ihre Jackentasche und schulterte ihre Handtasche.

„Karin, Süße, bist du ins falsche Flugzeug gestiegen? Ich *warte* hier schon seit *Stunden!…*", Florian wollte es sich nicht nehmen lassen, sie vom Flughafen abzuholen.

„Bin schon auf dem Weg. Stell' dir vor, die haben mein Gepäck ins falsche Flugzeug gepackt."

Statt eines mitfühlenden Kommentars, lachte Florian glockenhell ins Telefon. „Hach, du Ärmste!", er wedelte mit seinen Armen, während sich die Schiebetür öffnete und Karin endlich in den öffentlichen Bereich trat. Auch ihm war anzusehen, dass ihn der Tod von Tante Hildegard getroffen hatte, auch wenn er versuchte, dies hinter einer halbwegs fröhlichen Miene zu verstecken. Aber in Anbetracht des ernsten Anlasses war er heute ganz in Schwarz gekleidet. Einzige Ausnahme war ein tiefroter Schal, den er sich kunstvoll um den Hals geschlungen hatte. Und, wie Karin kurz amüsiert feststellte, waren seine Augen wie immer mit schwarzem Kajal umrandet.

Florian hauchte Karin je ein Küsschen auf die rechte und linke Wange, dann hielt er sie eine Armlänge von sich entfernt und betrachtete sie.

„Ich weiß, ich sehe grauenvoll aus."

„Grauenvoll ist noch eine sehr *positive* Umschreibung! Aber keine Sorge, das bekommen wir schon wieder hin."

„Darf ich bitten!", er schob sie hinter sich mitten durch eine Gruppe Rentner, die unsicher in der Halle standen und versuchten sich zu orientieren, „nach Mallorca geht's nach reeheechts!", flötete er. Erleichtert nickte der zum Reiseführer auserkorene ältere Herr im karierten Hemd ihnen zu und scheuchte den Rest seiner Truppe in die besagte Richtung.

„War doch nur ein Scheeheerz!", rief Florian hinterher, doch einmal in Gruppenbewegung geraten, ließ sich die Rentner-Gang nicht mehr aufhalten.

„Ähm", meinte Karin, „solltest du nicht hinterher und das Ganze richtigstellen?"

„Aber mein Schatz, warum denn? Vielleicht fliegen sie jetzt nach Timbuktu und haben den Urlaub ihres Lebens! Und der Herr im rotkarierten Hemd mit den passend weißen Tennissocken in seinen braunen Sandalen findet eine glutäugige, braunhaarige Schönheit, die ihn vergessen lässt, dass er seit zehn Jahren einen gerichtlichen Nachbarschaftsstreit führt, weil der nackte Popo des nachbarschaftlichen Gartenzwergs genau auf seine Haustür zeigt."

Karin musste laut auflachen. Florians unerschütterlicher Frohsinn durchbrach zum ersten Mal seit zwei Tagen ihre Trauer und Verzweiflung. Dennoch blieben beide kurz stehen und vergewisserten sich, dass der Rentnertrupp abermals zum Stehen kam und anschließend offensichtlich den Weg zum richtigen Gate gefunden hatte.

„Wir müssen los", drängelte ihr Jugendfreund, „ich stehe im absoluten Halteverbot."

Wo auch sonst?

Die großen Schiebetüren öffneten sich und Karin stand kurz wie geblendet im Weg der hektischen Reisenden, die sich um sie herum teilten wie Moses das Meer. Zuhause! Zumindest bis sie wusste, wie es weitergehen sollte.

„Wo steht denn dein Auto?"

Florian deutete auf einen grellgrünen VW-Käfer, der inmitten wartender Taxis parkte. Von hinten näherte sich eine Politesse. „He, Sie da, warten Sie einmal!" Die Dame in Uniform kam schnellen Schrittes auf sie zu, in der Hand wedelte sie mit einem Stück Papier. Offensichtlich wollte sie gerade eine Anzeige wegen Falschparkens aufnehmen.

Florian und Karin sahen sich kurz an, dann sprinteten sie wie von der Tarantel gestochen auf Kommando gleichzeitig los, sprangen in den VW-Käfer, ignorierten die bissigen Bemerkungen der grantigen Taxifahrer, Florian startete den Wagen und fuhr Handküsse verteilend mit quietschenden Reifen davon.

Zurück blieb die Politesse, die eigentlich gar keinen Strafzettel verteilen wollte und jetzt unschlüssig auf das Formular starrte, welches Karin kurz vorher aus der Jackentasche gefallen war. ‚Gepäckverlustmeldung' las sie, was sollte sie jetzt damit machen? War sie die Post? Nein, war sie nicht. Sie zerknüllte den Wisch und warf ihn in den nächsten Abfallbehälter. In den Papiermüll, natürlich, so viel Ordnung musste sein!

3. Kapitel

„Bringst du mich zuerst in die St.-Benedikt-Straße?", fragte Karin. In der St.-Benedikt-Straße in der nahegelegenen Wohnsiedlung neben der fast vom Inn umschlungenen mittelalterlichen Stadt Wasserburg stand das Häuschen ihrer verstorbenen Tante.

„Da kommst du nicht rein."

„Wieso komme ich da nicht rein, ich habe einen Schlüssel. Und Frau Zwiebel, die Nachbarin, hat doch auch einen Ersatzschlüssel. Für alle Fälle."

Florian biss sich auf die Lippen und umklammerte das Lenkrad so fest, dass seine Knöchel weiß hervortraten. „Ich wollte dir das eigentlich erst bei mir Zuhause sagen. Die Polizei hat das Haus versiegelt, weil die Todesursache von Tante Hildegard unklar ist. Sie wurde von Frau Zwiebel tot aufgefunden, aber weshalb – oder besser gesagt, an was – sie gestorben ist, weiß bisher keiner. Sie war doch eigentlich topfit! Ist viel Fahrrad gefahren und war ständig beim Schwimmen."

Karins Augen füllten sich wieder mit Tränen. Diese Frage hatte sie sich auch schon gestellt, doch in dem ganzen Chaos ihres Aufbruchs aus Schottland war sie nicht imstande gewesen, sich damit auseinander zu setzen. „Du meinst doch nicht etwa, sie hat sich selbst…?", fragte sie mit erstickter Stimme.

„Nein, nein, dafür gibt es keine Anzeichen. Also keine eindeutigen. Also, keine leere Schlaftablettenpackung oder ähnliches neben ihrem Bett. Wahrscheinlich ist sie ganz friedlich eingeschlafen und nicht mehr aufgewacht. Aber die Polizei muss dem nachgehen, wenn die Todesursache nicht feststeht." Seine Hand tastete kurz nach ihrer, „es wird leider eine Obduktion geben."

Sie starrte aus dem Fenster. Ihre Tante in einem kalten Sektionsraum, eine grauenhafte Vorstellung. „Wo?"

„Im Institut für Rechtsmedizin in München. Ich nehme an, wenn die nichts finden, was auf Fremdverschulden hinweist, kann ziemlich bald die Beerdigung stattfinden und du kannst dann ins Haus."

Florian versuchte aus seinem alten VW-Käfer jeden einzelnen der vierunddreißig Pferdestärken herauszuholen, damit er den LKW vor sich überholen konnte.

„Und Streuner? Wer füttert Streuner?" Tante Hildegards rabenschwarzer Kater. Zäh schob sich der Wagen am LKW vorbei, ein entgegenkommendes Auto verlangsamte deshalb die Geschwindigkeit nicht, sondern betätigte wie wild die Lichthupe. „Das arme Katzenvieh ist völlig außer Rand und Band.", Florian ließ sich von dem Geblinke nicht hetzen, „es hat wohl nicht verstanden, weshalb deine Tante nicht wieder aufgestanden ist." Im letzten Augenblick scherte der VW-Käfer vor dem LKW wieder in die richtige Spur ein, während der entgegenkommende SUV Sekunden später hupend an ihnen vorbeirauschte. „Soweit ich weiß, stellt Frau Zwiebel Futter und Wasser hin."

Langsam atmete Karin wieder aus. „Das übernehme ich jetzt." „Und ich deine Klamotten! Wir werden schon etwas bei mir finden, nachdem deine Koffer die Welt bereisen und du nichts aus deinem alten Kinderzimmer in der St.-Benedikt-Straße herausholen kannst." Florian wirkte äußerst zufrieden.

***

Frau Zwiebel, die Nachbarin von Gegenüber, die Tante Hildegard tot aufgefunden hatte, befand sich genau zu diesem Zeitpunkt auf Abwegen. Sie gönnte sich eine kleine Auszeit.

Hin und wieder nahm sie sich einen Nachmittag von ihrem verbissenen Gatten frei. Angefangen hatte es, als sie ihre inzwischen an Krebs verstorbene Nachbarin, Frau Veronika Lohmeier, einmal wöchentlich in der Onkologischen Abteilung des Krankenhauses „Rechts der Isar" besucht hatte. Anschließend traf sie sich mit ihrer alten Jugendfreundin Laura zum Abendessen oder Konzertbesuch. Sie, Frau Zwiebel, fühlte sich wieder einmal frei. Deshalb fuhr sie auch weiterhin regelmäßig nach München, als alle medizinischen Möglichkeiten für ihre Nachbarin austherapiert waren.

Bis einmal Laura keine Zeit für sie und sich ihr Programm plötzlich kolossal geändert hatte.

Nun stand sie in dem kleinen Bad eines Hotelzimmers und betrachtete sich, wie Gott sie erschaffen hatte, ohne zu verhindern, dass das Alter unbarmherzig seine Spuren hinterlässt.

„Mein Busen hängt", stellte sie mit der Sachlichkeit einer pensionierten Oberstudienrätin, die Jahrzehnte lang versucht hatte, die Grundlagen der Naturwissenschaften in jugendliche Köpfe zu hämmern, fest.

Ein Männerkopf lugte durch die Badezimmertür. „Ach was, dein Busen hängt nicht, deine Hüften sind nach oben gerutscht."

Gertrud Zwiebel lachte schallend. Dieser Mann war wie ein Jungbrunnen für sie. Schade nur, dass es nicht ihr Ehemann war.

***

Florians Unbekümmertheit täuschte. Hinter seinem durch nichts zu bremsenden Optimismus und seinem extrovertierten Äußeren verbarg sich ein äußerst mitfühlender Mensch, der tief in die Seelen seiner Gegenüber blicken konnte. Und der wusste, wie hart das Schicksal zuschlagen konnte.

Er war schlichtweg auf einen Betrüger hereingefallen. Er hatte Kurt im Englischen Garten kennengelernt. Für ihn war es Liebe auf den ersten Blick, während für Kurt wohl auf dem ersten Blick klar gewesen war, dass er jemanden vor sich hatte, dessen Gutmütigkeit er restlos ausnutzen konnte. Nach vier Wochen Liebestaumel, inklusive einer Reise auf die Malediven, die sich Florian eigentlich gar nicht hatte leisten können, aber doch gebucht hatte, da Kurt so davon schwärmte, war sein Konto leer und seine sämtlichen Ersparnisse geplündert. Auch mit der Miete war er in Rückstand, was kein großes Problem geworden wäre, wenn Kurt ihm das Geld, das sich der Kerl „kurzfristig" geliehen hatte, zurückgezahlt hätte. Doch Kurt war fort, ohne ein Wort, ohne eine Notiz zu hinterlassen. Es brach Florian das Herz. Gleichzeitig zu der Erkenntnis, dass sein Vertrauen restlos missbraucht worden war und seine Finanzen böse in den roten Zahlen lagen, flatterte das Kündigungsschreiben für seine Wohnung per Einschreiben ins Haus.

Doch es kam noch schlimmer. Noch während Florian überlegte, ob er um einen Gehaltsvorschuss für seine Arbeit als Maskenbildner bitten konnte, wurde ihm im Theater mitgeteilt, dass die dortigen erforderlichen Sparmaßnahmen leider, leider eine betriebsbedingte Kündigung für ihn beinhalteten.

Florian fehlte die Kraft, dagegen zu klagen. Er hatte auch keine Chance, die Wohnung zu behalten. Wie auch ohne Rücklagen und ohne Job? Er musste zähneknirschend seine Eltern bitten, ihm aus der finanziellen Klemme zu helfen, damit er durch die Mietschulden nicht auch noch in ein Insolvenzverfahren rutschte. Die Eltern sprangen finanziell ein, verdonnerten ihn aber gleichzeitig, in ihr leerstehendes Haus in Wasserburg einzuziehen, bis sie sich entschließen sollten, ihre zweite Heimat auf Mallorca wieder aufzugeben und in die bayerische Heimat zurückzukehren.

Also brach er verzweifelt seine Brücken in München ab, packte seine spärlichen Habseligkeiten in den VW-Käfer und zog zurück in seine alte Heimatstadt.

Es sollte ursprünglich nur ein Zwischenaufenthalt werden, bis er wieder finanziell auf eigenen Beinen stand, denn seine Kindheit in Wasserburg betrachtete er mit gemischten Gefühlen. Die Pausen auf dem Schulhof waren ihm damals ein Gräuel gewesen, bis Karin auf ihn aufmerksam geworden war und ihn unter ihre Fittiche genommen hatte. Sie wurde zu seiner Herzensfreundin und Tante Hildegard zu einer verschwiegenen Verbündeten, die beide Kinder an Kleiderschränke und Schminkutensilien ließ, ohne ein weiteres Wort darüber zu verlieren.

Nach seiner Rückkehr nach Wasserburg stellte er jedoch voller Erstaunen fest, dass er als schräger Vogel, der er nun einmal war, nicht ausgegrenzt wurde. Künstlerische Begabungen wurden in der Kleinstadt hochgehalten. Und so wurde er als ausgebildeter Maskenbildner direkt gefragt, ob er beim großen Bürgerspiel seine Passion einsetzen konnte. Er verdiente zwar nichts dabei, traf aber mit seiner offenen und positiven Art sofort die Herzen der Wasserburger, die sich vertrauensvoll von ihm schminken ließen. Er hatte seinen Platz gefunden. Während er sich mit unregelmäßigen Jobs finanziell über Wasser halten musste, heilte langsam seine Seele.

Florian genügte daher nur ein kurzer Seitenblick, um zu sehen, dass Karin völlig am Ende ihrer Kräfte war, so wie sie zusammengesunken im Autositz hing. Warum musste sie das auch allein durchstehen, warum war ihr Highlander nicht bei ihr? „Kommt Andrew nach?", fragte er vorsichtig.

„Nein!" Ihre Blicke trafen sich kurz. „Andrew ist weg. Für immer. Habe ihn mit einer anderen im Bett erwischt, kurz bevor dein Anruf kam."

„Aua!"

Dann schwieg er. Was gab es dazu auch noch zu sagen? Jedes weitere Wort wäre nur zu einer Phrase verkommen.

„Genau. Mist! Schlimmer geht's jetzt nicht mehr, oder?", sie weinte nun hemmungslos, „mein ganzes Leben ist am Ende. Andrew hat mich betrogen und meine Tante, die mir im Leben am nächsten stand, ist tot. Was soll ich denn jetzt nur machen?"

Was hätte ihre Tante jetzt zu ihr gesagt, wenn sie noch leben würde? Es war, als wäre ihre Stimme direkt in ihrem Kopf: „Ach Mäuschen, es gibt keine Altersbegrenzung, um nicht nochmal neu anzufangen. Und du bist noch so jung. Also ran an die Fleischpflanzerl, Bulletten gibt's nur in Berlin."

***

Frau Zwiebel parkte ihren Wagen vor ihrem Einfamilienhaus in der St.-Benedikt-Straße ein und blieb noch eine Weile im Auto sitzen. Sie brauchte ein paar Minuten, um sich zu rüsten. Um die Tür zu öffnen, ihre Schuhe abzustreifen und diese in Reih und Glied zu den anderen zu stellen. Das quengelnde und beleidigte „Getrud, bist du's?" zu hören, in die Küche zu gehen und auf das Chaos zu starren, das ihr Gatte angerichtet hatte.

Sie atmete tief durch, öffnete die Autotür und stieg aus. Während sie den BMW verriegelte, beschloss sie, zuerst den schwarzen Kater ihrer verstorbenen Nachbarin zu füttern. Frau Zwiebel überquerte die Straße und öffnete das kleine Gartentor, dann umrundete sie das Haus auf dem kleinen Gartenstück.

Verfolgt wurde sie von zwei Augenpaaren aus den Nachbarhäusern. Herr Lohmeier, der ihre Ankunftszeit in sein schwarzes kleines Notizbuch schrieb und Sebastian Salzinger, der neue Nachbar, der sich soeben auf seiner Terrasse niederlassen wollte. Vorsichtig trat er zurück, er wollte nicht in ein Gespräch verwickelt werden.

Sebastian Salzinger wäre ein Haus, welches irgendwo abgeschieden steht, lieber gewesen, hatte sich dann jedoch umentschieden, nachdem der Makler ihm dieses Mietobjekt gezeigt hatte. Ein paar Details, die für andere Mieter nicht von Bedeutung gewesen wären, gaben den Ausschlag.

Die Einrichtung war, bis auf einen Raum im Keller, mehr als spartanisch. Auch das war so gewollt. Seit einigen Jahren lebte er so, dass er zu jeder Tages- und Nachtzeit eine bereits gepackte Reisetasche nehmen und schnell und heimlich verschwinden konnte. Trotz seiner muskulösen Gestalt bewegte er sich leise wie ein Panther.

Frau Zwiebel, die im Nachbargarten scheppernd den Wassernapf neu füllte, war mit ihren eigenen Gedanken beschäftigt. Mit ihrem Widerwillen, zu ihrem Ehegatten und den starren Tagesabläufen zurückzukehren. Seufzend verließ sie das Grundstück, lief über die Straße und betrat ihr eigenes Anwesen. Öffnete die Haustür. „Gertrud, bist du's?", rief es mürrisch aus dem Wohnzimmer. Sie ersparte sich eine Antwort und öffnete die Küchentür. Schmutziges Geschirr stapelte sich neben aufgerissenen Verpackungen.

Dieters Protest, ihn für einen Tag allein gelassen zu haben. Er hatte nicht sie, Getrud, vermisst, sondern die Hausfrau, seine persönliche Dienstmagd. ‚Wann nur ist unsere Beziehung in völlige Lieblosigkeit umgeschlagen?‘, dachte sie wohl zum tausendsten Mal, während sie die weit verstreuten Reiskörner und Spirelli-Nudeln auflas. Als ob Dieter in der Lage wäre, Reis oder Nudeln zu kochen! Frau Zwiebel zwang sich zu einem Lächeln, als sie sich umwandte und das Wohnzimmer betrat. „Schöne Grüße von Laura“, sagte sie. Laura, ihre alte Jugendfreundin war ihr Alibi für die unbeschwerten Stunden. Ein unbestimmtes Grunzen kam aus dem großen Wohnzimmersessel. „Warum gehst du bei dem schönen Wetter nicht in den Garten?“ Frau Zwiebel erwartete keine Antwort, sie riss die Terrassentür auf, atmete tief durch, um das Gefühl, gleich zu ersticken, in den Griff zu bekommen. Zwang sich wieder zu einem neutralen Ton. „Ich habe dir deinen Schnupftabak mitgebracht.“ Dieter bestand auf seinen Spezialtabak aus dem Rauchwarengeschäft in der Münchner Theatinerstraße. Sie ließ ein kleines Päckchen auf den Wohnzimmertisch gleiten, dann trat sie auf die Terrasse hinaus und schnappte sich eine große Gießkanne. Das Blumenbeet im rückwärtigen Garten war voll mit Stiefmütterchen und Primeln. Völlig phantasielos, aber mit dem Lineal in gleichen Abständen gepflanzt. *Wieso konnte ich mich bei Schülern, deren Synapsen völlig außer Kontrolle waren, durchsetzen, aber in meiner Ehe nicht?* Auch diese Frage kreiste in Getrud Zwiebels Kopf. Und ein neuer Gedanke war hinzugekommen, *wie schön wäre es, wenn Dieter einfach nicht mehr da wäre?!*

4. Kapitel

Karin hatte den ganzen restlichen Nachmittag verschlafen. Zu groß war die Erschöpfung gewesen und auch jetzt fühlte es sich an, als ob sie einmal durch den Fleischwolf gedreht worden wäre.

Aus dem Erdgeschoss klang lautes Geschirrgeklapper. „Hallöchen, bist du wach?"

„Mhm, ich gehe nur noch schnell duschen."

„Lass dir Zeit und such' dir was Frisches aus meinem Kleiderschrank!".

Karin hätte dies gerne in Anspruch genommen, denn ihr T-Shirt und ihre Jeans, die sie mit spitzen Fingern hochhob, wirkten nicht mehr so ganz frisch duftend. Aber Florians spleenige Klamotten? Mal sehen! Sie öffnete den großen Kleiderschrank in Florians Schlafzimmer. Das Geklapper hatte aufgehört und sie hörte Florians eilige Schritte auf den Treppenstufen nach oben kommen. „Mal sehen, mal sehen", er wuselte ins Zimmer, schob Karin sanft zur Seite, „da muss der Fachmann ran, meine Liebe. Nichts für ungut." Er zog eine pinkfarbene Hose aus einem Fach. „Hier, die Farbe steht dir!"

„Machst du Witze?"

„Aber nein, du bist der Sommertyp! Du bist wie geschaffen für dieses Pink!"

„Für Pink vielleicht", Karin hielt die Hose eine Armeslänge von sich, „aber nicht die Größe!" In der Tat war Florian einen Kopf größer als sie und dünn wie eine Bohnenstange. „Die Hose bekomme ich maximal bis zu meinen Knien hochgezogen."

„Was *gäbe* ich für deine weiblichen Rundungen", seufzte Florian, während sein Kopf zwischen den Regalbrettern im Schrank verschwand. Wild flogen Hemden, T-Shirts und Hosen durch die Luft. Doch die Ausbeute war dürftig. Zum Schluss einigten sie sich darauf, dass Karin seine Tunika überstreifen konnte, bis ihre eigenen Kleidungsstücke gewaschen und getrocknet waren. „Es muss doch irgendeine Möglichkeit geben, meine Kleidung aus Tante Hildegards Haus zu holen?", seufzte Karin, als sie sich an den edel gedeckten Tisch, den Florian auf der kleinen Terrasse aufgebaut hatte, niederließ. Bei ihrem alten Jugendfreund gab es aus Geldmangel keine teuren Speisen, doch kein Mahl ohne Tischtuch, leinenen Servietten und den edlen Trinkgläsern seiner längst verstorbenen Großeltern.

„Während du schliefst, bin ich kurz in deinen Garten gegangen, um nach dem Kater zu sehen. Frau Zwiebel hat frisches Futter und Wasser hingestellt."

„Hast du Streuner auch gesehen?"

„Ja, aber nur ganz kurz, er ist sofort weggerannt, als er mich kommen sah."

Karin blutete das Herz. „Ich muss mich um ihn kümmern, er ist die einzige Familie, die ich noch habe."

„Außer mir!"

„Tja…"

„Was heißt hier, „tja", meine Liebe! Du hast die außerordentliche Freiheit, dir deine Familie selbst auszusuchen. Ein Privileg, um das dich Tausende und Abertausende beneiden würden!"

Karin nippte an ihrem Glas, noch nicht ganz überzeugt.

„Stell dir vor, du hättest Herrn Lohmeier, deinen Nachbarn aus der St.-Benedikt-Straße als Papa oder Onkel

Peter", Florians Vorstellungskraft begann aus seinen beiden blauen Augen zu leuchten. „Immerhin ein Garant für Recht und Ordnung. Als ehemaliger Polizist macht er die St.-Benedikt-Straße zur sichersten Straße von ganz Wasserburg und Umgebung. Keine Bewegung seiner Nachbarn entgeht ihm. Kein Unkräutlein wagt es über seine Gartenzaunschwelle."

„Ist seine Frau nicht erkrankt?" Karin erinnerte sich dunkel, dass Tante Hildegard etwas vor längerer Zeit geschrieben hatte.

Ein Käsewürfel verschwand in Florians Mund, „vor Kurzem verstorben. Wobei, das muss man Herrn Lohmeier wirklich zu Gute halten…", er spitzte genussvoll die Lippen, „er hat sich aufopfernd um sie gekümmert, sich sogar frühpensionieren lassen, damit er die ganze Zeit für sie da war. Und somit den Verbrechern im Landkreis wieder die Möglichkeit gegeben, sich von Herrn Lohmeier zu erholen und neu zu formieren."

„Und die Zwiebels?"

„Da gibt es nichts Neues. Sie ist mittlerweile auch frühpensioniert. Aber ich glaube, sie bereut es. Wahrscheinlich ist es lustiger, sich mit pubertierenden Jugendlichen herumzuschlagen als mit ihrem griesgrämigen Göttergatten."

„Also, so ziemlich alles beim Alten."

„Aber nein, das Beste kommt noch!", Florian seufzte laut und theatralisch. „Direkt neben dir ist ein Typ eingezogen, zum Schmelzen!"

„Du meinst jetzt aber nicht den, den Tante Hildegard als äußerst dubios und ganz und gar nicht koscher beschrieben hat?"

„Nichts gegen deine Tante, aber sie hat die Vorzüge wohl aufgrund ihres Alters nicht mehr richtig gesehen."

„Hmmm?"

„Ein *Body*, sage ich dir, einen *Body* hat dieser Sebastian Salzinger! So durchtrainiert. Und die Glatze steht ihm, wirklich!" Karins grinsendes Gesicht störte Florian nicht. „Ok, ich stehe jetzt nicht auf Tattoos…"

„Kann er auch sprechen?" Karin wartete darauf, dass Florian plötzlich auch Springerstiefel *ganz* toll fand.

„Keine Ahnung, aber das bekommen wir heraus, sobald du einziehst.", Florian lehnte sich mit seinem Glas Rotwein in den mit bunten Kissen ausstaffierten Sessel zurück.

„Wieso redest du eigentlich immer von *meinen* Nachbarn? Und einziehen? Ich ziehe da nicht ein, ich kann gar nicht."

„Aber warum nicht? Du willst doch nicht etwa nach Schottland zurück und um diesen verlogenen Andrew kämpfen, damit er zu dir zurückkommt, oder? Falls du das vorhast, meine Liebe, sperre ich dich hier ein, bis du Vernunft angenommen hast."

Karins Stirn legte sich in Falten, sie seufzte tief auf. „Nein, keine Angst, so tief werde ich bestimmt nicht sinken. Aber ich habe überhaupt keine andere Wahl. Tante Hildegard wollte ihr Haus doch dem Tierschutz vererben. Und das heißt, ich muss mir irgendwo anders Arbeit und Unterkunft suchen."

Florians Mund klappte auf, seine Hand mit dem Rotweinglas blieb in der Luft hängen. „Und das hast du ihr geglaubt?"

Karin nickte. „Warum denn nicht? Tante Hildegard hat immer gehalten, was sie gesagt hat."

„Aber, aber", Florian sammelte sich. „Aber, weißt du noch, wann sie das gesagt hat, das mit dem Tierschutz, und auch zu wem?" Karin zögerte und überlegte. „Ich glaube, das hatte sie Andrew gesagt."

„Und warum hat sie das Andrew gesagt?", fragte Florian bedeutungsvoll und gab gleich darauf sich selbst die Antwort, „Vielleicht, weil Andrew sie ziemlich unverfroren danach gefragt hatte?"

Karin sah immer noch aus, als verstehe sie nur Bahnhof.

„Warte! Jetzt ist der richtige Zeitpunkt!"

„Der richtige Zeitpunkt für was?" Doch Florian war bereits aufgesprungen und im Haus verschwunden. Kurz darauf erschien er wieder mit einem Umschlag in der Hand. „Hier. Für dich. Den wollte ich dir heute Abend sowieso noch geben."

„Was ist das?" Doch Karins Augen füllten sich bereits wieder mit Tränen, als sie die Handschrift ihrer Tante Hildegard auf dem Umschlag erkannte. *Für Karin*, stand da mit großen Lettern. Florian legte den Brief behutsam in Karins Hände, „den hat mir deine Tante gegeben, kurz nachdem du wieder nach Edinburgh aufgebrochen bist. ‚Falls mir was passieren sollte' hat sie gesagt, ‚dann gibst du ihn Karin'." Er verschwand lautlos im Haus.

Mein liebes Mäuschen,

wenn du das liest, sitze ich bereits auf meiner Wolke und wenn Gott es zulässt, blicke ich ab und zu herunter und beobachte, wie mein großartiges Mädchen ihr Leben meistert. Du hast alles in dir, um ein glückliches, zufriedenes Leben zu führen. Also, habe keine Angst und wage es, den Stier bei den Hörnern zu packen und selbstbewusst deine Pläne zu verfolgen. Du schaffst das!

Glaube mir und traue dich einfach. Du warst immer mein Kind und wenn ich dir auch die fehlende Mutter nicht ersetzen konnte, hoffe ich, dass ich dir zumindest zeitweise ein Heim geben konnte.

Ich weiß, dass ich gesagt habe, mein Haus und mein bescheidenes Vermögen soll an den Tierschutz gehen. Aber das habe ich nur gesagt, damit du dich mir gegenüber nicht verpflichtet fühlst, ständig um deine alte Tante zu kreisen. Ich bestimme dich als meine Alleinerbin! Die einzige Auflage ist, dass du dich um Streuner kümmern musst (aber das muss ich wahrscheinlich gar nicht erwähnen, das machst du sowieso, falls ich vor dem Kater sterben sollte).

Ein Wunsch wäre, dass du das Haus als Zufluchtsort behältst. (Aber wenn du dich anders entscheidest, werde ich keine Blitze vom Himmel schicken.)

Mein Mäuschen, ich segne dich und wünsche dir ein erfülltes, glückliches Leben.

Deine T. Hildegard

5. Kapitel

Gegen Mittag des nächsten Tages erwachte Karin mit einem gewaltigen Brummschädel und entschloss sich, nach einer ausgiebigen Dusche und einer Kanne Kaffee, sich erst einmal um Streuner zu kümmern. Das erschien ihr sinnvoller, als mit dicker Zunge im Nachlassgericht anzurufen oder beim Notar einen Termin auszumachen.

Sollte die St.-Benedikt-Straße tatsächlich ihr neues Zuhause werden? Mit Herrn Lohmeier, Ehepaar Zwiebel und diesem Glatzkopf als Nachbarn? Sie schob die Gedanken beiseite und betrat durch das kleine Gartentor Tante Hildegards Grundstück. Oder ihres. Aber irgendwie fühlte es sich ganz falsch an, es war, als würde gleich die Haustür aufgehen und eine freudestrahlende Tante Hildegard sie begrüßen. Doch die Haustür blieb zu, deutlich stach ihr, das von der Polizei angebrachte Siegel, ins Auge. Karin schluckte. „Streuner, Streuner", rief sie lockend, „wo bist du Streuner?"

Immer noch etwas unschlüssig stand Karin vor den zwei Stufen, die zur Haustür führten. Blumenrabatte trennten den Weg zwischen Haus und Garage, die links direkt an das Haus anschloss, während rechts am Haus vorbei ein schmales Rasenstück hinter das Haus führte. Anstelle eines festen Gartenzauns trennte eine dichte Lorbeerhecke das Grundstück zum Nachbarhaus, in welches dieser Typ eingezogen war, den Florian so phantastisch fand. Na ja, wenn er wirklich so dubios war, wie ihre Tante angedeutet hatte, konnte man sich ja aus dem Weg gehen.

„Streuner, Streuner", lockte sie, „wo ist denn mein liebes Kätzchen?" Langsam durchschritt sie den dahinter liegenden Garten. In den Gemüsebeeten ließen sowohl die Tomatenpflanzen wie auch die Bohnenranken ihre Blätter hängen. Karin sah sich suchend um und fand die große Gießkanne, die sie schnell unter dem außen angebrachten Wasserhahn hielt und auffüllte. Wo war nur der Kater?

Während sie sich über die gefüllte Gießkanne beugte, hörte sie hinter sich plötzlich ein wildes Fauchen und Gekläffe. Sie drehte sich um und wäre fast mit einem fauchenden Streuner zusammengestoßen, der blitzschnell in einem offenen Kellerfenster verschwand. Ein Schäferhund kam laut bellend auf sie zugesprungen, hielt kurz vor ihr an und knurrte leise mit gebleckten Zähnen.

Karin erstarrte und wagte nicht, sich zu bewegen. Woher kam plötzlich dieser Hund? War er gefährlich? Hatte er Tollwut? Wie kam sie hier weg, bevor die Bestie sie angriff? Konnte sie sich bewegen, oder wurde sie dann gleich zerfleischt? Wer konnte sie aus dieser Situation retten?

Der Schäferhund stand wenige Schritte abwartend vor ihr.

„Killer, hast des Katzenvieh immer noch net dawischt?!" Ein Glatzkopf im Unterhemd mit tätowierten Bizeps, die wirklich beachtlich waren, wie es Karin ganz kurz durch den Kopf schoss, lugte über die Gartenhecke. „Wer san denn Sie?"

„Karin. Karin Müller. Die Nichte von Frau Müller. Ich, äh, ich, also ich habe, also ich werde das Haus erben." Immer noch stand Karin stocksteif da.

Doch der Typ beachtete sie nicht weiter, sondern gab dem Schäferhund mit einem kurzen „Hier her!" einen Befehl, den dieses Vieh auch schlagartig befolgte und wieder durch die Hecke verschwand.

Karins Wut kochte wegen des erlittenen Schreckens schlagartig hoch. „Ich wäre ihnen sehr verbunden, wenn ihr Hund zukünftig nicht mehr meine Katze jagen würde.", schnaubte sie.

Der Glatzkopf war zwischenzeitlich kurz hinter der Hecke abgetaucht, wahrscheinlich tätschelte er Killer gerade mitfühlend das Köpfchen. „Hä, was gibt's?", klang es halb abwesend hinter den Büschen hervor.

„Ich fordere Sie auf, dass ihr Hund meine Katze in Frieden lässt. Streuner ist auch so schon genug verstört, nachdem sie meine Tante tot aufgefunden hat."

Der Glatzkopf erschien wieder über der Hecke. „Tierpsychologin, was?", grinste er frech.

Karin schnappte empört nach Luft, doch bevor sie auch noch einen Ton sagen konnte, drehte sich der Prolet um und rief über die Schultern „na dann, auf a guade Nachbarschaft!" und verschwand im Nebenhaus.

6. Kapitel

Ein Tag begann für Herrn Lohmeier wie immer exakt um fünf Uhr mit dem metallischen Läuten seines Weckers. Die Bettdecke mit Schmackes zur Seite geschleudert, der Körper in Sitzposition gebracht, während seine Füße direkt in die um neunzig Grad zum Bett stehenden Pantoffeln schlüpften. Dieser geschmeidige Ablauf verlangte jahrelange Übung und Disziplin. Dafür hatte der Sechzigjährige einen Körper, um den ihn so ein lascher Zwanzigjähriger beneiden konnte.

Damit das auch so blieb, riss Herr Lohmeier das Schlafzimmerfenster weit auf. Im Sommer brachte ihm dies allerdings nicht die gewünschte Erfrischung an eiskalter Morgenluft und er verlegte seine Frühgymnastik daher auf die Terrasse, die noch im Dämmerlicht lag. Dies geschah um Fünfuhrzwölf, nachdem ein Blick über die Straße nichts Verdächtiges ergeben hatte, er seinen Wecker aufgezogen, das Bett aufgeschüttelt, und die mit Kaffeepulver und Kaffeefilter vorbereitet Kaffeemaschine in Betrieb gesetzt hatte.

Für die fünfzig Liegestütze brauchte er nicht mehr als drei Minuten, wie er befriedigend feststellte. Nach seiner morgendlichen Ertüchtigung des Körpers umrundete Herr Lohmeier sein Haus und stellte schon von weitem fest, dass diese Lusche von Zeitungsausträger seine zum wiederholten Male vorgetragene Beschwerde ignoriert hatte, seine Tour so zu verändern, dass der Bayerische Bote exakt um Fünfuhrzwanzig aus seinem Briefkasten ragte. Na, der konnte jetzt mit einem Beschwerdebrief rechnen, der sich gewaschen hatte!

Da Frühstück und Zeitung nun einmal zusammengehörten, begab er sich ins Bad. Immer noch schwer erzürnt stellte er sich vor, wie er dieses Weichei von Zeitungsboten packen und unter die Dusche stellte, damit das eiskalte Wasser ihm die nötige Vitalität verschaffe, zukünftig seine Tageszeitung *pünktlich* einzuwerfen.

Luschen, alles Luschen heutzutage, dachte er, während er sich einen kurzen bewundernden Blick in den Spiegel erlaubt. *Kein Gramm Fett zu viel,* er nickte sich selbst knapp zu, mehr Eitelkeit gestand er sich nicht ein.

Behände, mit einigen Drehungen aus dem JuJutsu, erreichte er erneut das Schlafzimmer und schlüpfte in seine am Vortag zurechtgelegte Kleidung. Sein waches Ohr nahm das leise Klappern von Briefkastendeckeln wahr. Er sah auf die Uhr, bereits Fünfuhrvierzig, dass der Zeitungsbote sich überhaupt noch traute, aufzutauchen!

„Na warte, Bürschchen, gleich kannst du was erleben", murmelte Herr Lohmeier, beugte sich aus dem Schlafzimmerfenster, zuckte jedoch sofort zurück. Vor dem Nebenhaus parkte soeben ein fünfer BMW, ein Typ mit gegeeltem Haar und Sonnenbrille stieg aus, sah sich um. Herr Lohmeier presst seinen Oberkörper seitlich an den Fensterrahmen. Warum trug einer um, ein kurzer Blick auf seine Uhr, um Fünfuhrzweiundvierzig eine Sonnenbrille? Was wollte der bei den Zwiebels, die sich normalerweise nicht vor acht Uhr im Haus bewegten?

Eine Hand tastete Richtung Fernglas. Damit der BMW-Typ ihn nicht erkennen konnte, ging er in die Hocke, legte sich das Daunenkissen vom Bett über seinen Kopf und schlich so wieder zum Fenster. Von außen sah es so aus, als würde er sein Bettzeug lüften. Aus einer Lücke zwischen Fenstersims und Kissen schob er vorsichtig das

Fernglas durch und stellte es scharf. Ein Münchner Kennzeichen. Immer dubioser!

Er konnte von seinem Platz aus Zwiebels Hauseingang nicht sehen, doch er hörte leise Stimmen. Dann kam der geschniegelte junge Mann zurück, stieg in seinen BMW, fuhr davon. Ein Blick auf die Uhr verriet ihm, dass das Ganze hatte nicht länger als zwei Minuten gedauert hatte.

Wo war sein schwarzes Büchlein? Er zückte seinen Bleistift, den er vor dem Schlafengehen so gespitzt hatte, dass er ihn auch als Waffe gebrauchen konnte. Ferngläser lagen überall an den strategisch wichtigen Punkten im Haus verteilt, das schwarze Notizbüchlein war dagegen stets in seiner unmittelbaren Nähe, denn es erhielt alle relevanten Beobachtungen. Er mochte zwar aus dem aktiven Polizeidienst ausgeschieden sein, doch die Jungspunde, die aus der Polizeiausbildung kamen, könnten noch so einiges von ihm lernen! So einiges! Er sah regelmäßig auf seiner alten Dienststelle am Kaspar-Aiblinger-Platz vorbei und bot seine Dienste an. Doch die arroganten Hanseln taten so, als kämen sie ohne ihn zurecht.

„Die Arroganz der Jugend", murmelte Herr Lohmeier, während er sein Büchlein weglegte, um seine schwarzen Socken gerade zu ziehen. Dann lief er zackig die Treppe hinunter zur Haustür. Zwei Drehungen des Hausschlüssels, um die 3-Punkt-Verriegelung mit zwei Schwenkhaken zu entriegeln, dann Tür öffnen, einen Schritt hinaus, tief einatmen, den Blick nach rechts und links schweifen, die zwei Treppenstufen hinunter und… War das Löwenzahn, der sich zwischen zwei Betonplatten, die den kurzen Weg durch den Vorgarten zum Bürgersteig säumten, breit machte? Herr Lohmeier runzelte die Stirn und beugte sich zu den kleinen Blättern hinunter. Tatsächlich! Grimmig sah er zu Frau Zwiebels Vorgarten hinüber. Um Streitigkeiten zu vermeiden hatte sich das Ehepaar Zwiebel die Gartenbereiche aufgeteilt. Im hinteren Teil führte Dieter Zwiebel ein rigides Regiment, um störendes Unkraut zu vernichten und die übrige Natur unter Kontrolle zu halten. Ganz im Gegensatz zum Vorgarten, den Frau Zwiebel als ihren Bereich betrachtete. Ein einziger Verhau[(1)], den seine Nachbarin da als Kräutergarten bezeichnete. Faulheit war das, nichts als Faulheit, den Garten so verwildern zu lassen! Da konnte Frau Zwiebel noch so oft betonen, dass sie Löwenzahnblätter in ihren Salat schnippelte, für ihn war Löwenzahn ein Feind, den es zu bekämpfen galt! Hunderte von Samen spie eine Blüte aus, sobald sich die gelben Blüten in runde Samenschleudern verwandelten. Hunderte Samen pro Blüte! Aber nicht mit ihm, nicht mit ihm!

Gleich nach dem Frühstück würde er im Keller ein Kännchen mit Unkrautvernichtungsmittel ansetzen und dann Zentimeter um Zentimeter den Boden nach Feindesbefall überprüfen und vernichten!

Zornig zerrte er den Bayerischen Boten aus dem Briefkasten.

In der Küche grummelte und dampfte die Kaffeemaschine, schließlich war der Kaffee bereits seit mehr als einer halben Stunde durchgelaufen. Wie er es hasste, wenn er seinen Tagesablauf nicht einhalten konnte, weil so ein strunzfauler Zeitungsbote nicht rechtzeitig aus dem Bett kam!

Er nippte an dem Kaffeebecher mit dem Emblem der Bayerischen Polizeigewerkschaft und schlug die Zeitung auf.

Neuer Anschlag mit vergiftetem Schnupftabak

Nach dem gewaltsamen Tod des Roland K., 62 Jahre, durch vergifteten Schnupftabak (der Bayerische Bote berichtete), gab es einen neuen Anschlag. Die Polizei warnt daher ausdrücklich vor dem Konsumieren von Schnupftabak, vor allem in größeren Mengen, bis der oder die Täter gefasst wurden.

Derzeit tappt die SOKO Schnupftabak noch völlig im Dunklen, ob es sich bei den Tätern um militante Verfechter der bayerischen Urkultur oder um einen Erpresser der Schnupftabakindustrie handeln könnte. Wobei bis dato noch kein Erpresserschreiben eingegangen ist, der den zweiten Verdacht erhärten würde. Die Polizei wollte auch keine Spekulationen kommentieren, dass es sich um Anschläge von IS-Kämpfern handeln könnte, denen die bayerische Lebenskultur zuwider ist.

Der neueste Fall von vergiftetem Schnupftabak traf die Stammtischbrüderschaft der ‚Schrägen Mühle'. Die Gaststätte ist durch ihre exzellente Küche bekannt und kann auf solch eine Art von Werbung gerne verzichten, wie die Wirtin, Rosel Hupfler, mitteilte. Nach Aussagen einiger anderer Gäste, die sich zum Zeitpunkt, als sich erste Vergiftungserscheinungen bei den Stammtischbrüdern zeigten, im Lokal aufhielten, gerieten die Geschädigten wohl außer Rand und Band. Dank des herzhaften Eingreifens der Wirtin konnte der Herr Pfarrer daran gehindert werden, sich seiner Kleidung zu entledigen, während der Herr Oberstudienrat H. gackernd in der Hocke durch das Restaurant streifte und laut überlegte, wo er denn sein Ei legen sollte.

Handyaufnahmen sind leider nicht gesichert, da beim ersten Auftreten des allgemeinen Chaos der Wirt in seiner Kochschürze aus der Küche stürzte und alle Handys einsammelte, bis Polizei und Sanitäter vor Ort waren und die Lage wieder unter Kontrolle war.

Unser Reporter versuchte sich vor Ort ein Bild der Situation zu machen, scheiterte aber abermals an der hübschen Wirtin, die ihn mit den Worten „mir samma hier diskret, entweder jetzt bestellst was, oder du schleichst di wieder!", vor die Tür setzte.

Die vom vergiftetem Schnupftabak derangierten Patienten liegen derzeit immer noch stationär in der nahe gelegenen städtischen Klinik und werden wohl, laut Aussage der behandelnden Ärzte, keine bleibenden Schäden zurückbehalten.

Die Brüder Bachmeier, Erfinder des Schnupflers (wir berichteten) haben zur Ergreifung des oder der Täter eine Belohnung von 5.000 Euro ausgesetzt.

Der Bayerische Bote wird weiter berichten.

Herr Lohmeier griff zur Schere, um den Bericht auszuschneiden und zu archivieren.

***

Sebastian Salzinger füllte Killer Futter in seinen Napf und stieg dann die Treppenstufen zum Speicher hinauf. Trotz der frühen Morgenstunde stand hier bereits die heiße Luft. Er schob eine Kiste beiseite, hinter der sich ein kleiner Safe befand. Der muskulöse Mann ging langsam in die Knie, dann tippte er die Zahlenkombination ein. Die Safetür öffnete sich langsam. Sebastian Salzinger atmete tief durch, dann nahm er eines der vielen Handys heraus. Ohne Eile schloss er den Safe wieder zu. Die Pistole, die im hinteren Winkel lag, würde er heute wohl nicht benötigen.

***

Herr Zwiebel trat als erstes aus dem Haus, Herr Lohmeier stand bereits vor seiner Haustür bereit, um ihn abzupassen.

„Grüß Gott, Herr Zwiebel, könnten sie bitte mal kurz zu mir rüberkommen?"

„Guten Morgen, Herr Lohmeier, was gibt's denn?"

„Ich möchte ihnen nur kurz etwas zeigen."

Herr Zwiebel passierte die kurze Strecke zum Nachbargrundstück.

„Da!", zeigte Herr Lohmeier auf das blühend gelbe Köpfchen des verspäteten Löwenzahns. „Können sie nicht auf ihre Gattin einwirken, dass dieser, dieses…", unbestimmt zeigte der ehemalige Polizist auf die wilde Blumenpracht im Vorgarten der Zwiebels, „ich meine, das kommt ja auch alles zu mir geflogen!" In diesem Moment trat Frau Zwiebel aus dem Haus und sah die beiden Männer in seltener Zweisamkeit zusammenstehen, die augenblicklich verstummten und sie vorwurfsvoll ansahen.

„Gibt's was?", fragte sie.

Herr Lohmeier und ihr Gatte zeigten in einer synchronen Bewegung anklagend auf eine einsame Löwenzahnblüte, die zwischen zwei Betonplatten hervorleuchtete.

7. Kapitel

„Ich muss leider los", Florian hüpfte von einem Bein auf das andere.

„Kein Problem, fahr nur zu deinem Vorstellungsgespräch. Ich wünsche dir viel Glück und dankc, dass du so ein guter Freund für mich bist."

Wenn das Vorstellungsgespräch klappte, würde Florian in Kürze für ein Theaterfestival über mehrere Wochen einen Job als Maskenbildner haben. Er gab ihr ein Küsschen auf die rechte Wange. „Mach ein paar Dummheiten, während ich weg bin", riet er ihr, bevor er verschwand.

Mit Florians Bemerkung, sie solle Dummheiten machen, spielte er auf eine vorangegangene Diskussion zwischen ihnen an, ob Karin das Haus von Tante Hildegard vor der offiziellen Freigabe betreten solle oder nicht. Ihre Koffer waren immer noch nicht nachgeliefert worden, die Kleidung ging ihr aus und was der verstörte Kater allein im Haus trieb, wenn er durch das offene Kellerfenster schlüpfte, konnte gewisse Ängste wecken.

Florian vertrat ganz unbekümmert die Meinung, sie könne problemlos inoffiziell ins Haus, Streuner hätte schließlich gezeigt, dass sie durch das Kellerfenster rein und raus komme. *Außerdem, wer weiß, was Streuner derzeit im Haus alles anstellt? Das Katzenklo läuft bestimmt schon über!, Florian war gut darin, anderen Leuten Flöhe ins Ohr zu setzen. Und überhaupt, es steht doch außer Frage, dass dir das Haus gehören wird, sobald der Behördenmarathon überstanden ist…*

Noch zögerte Karin. Sie konnte sicherlich tierischen Ärger bekommen, wenn sie so einfach das Haus betrat. Am besten rief sie einmal bei der Polizei an und fragte nach, wie lange es noch dauern würde und ob sie vielleicht mit einem Polizeibeamten zusammen das Haus betreten dürfte.

Aber Katzenstreu konnte sie ja vorsorglich schon einmal im großen Einkaufcenter im nahen Industriegebiet neben der Wohnsiedlung kaufen. Und Katzenfutter auch. Bis jetzt waren alle Annäherungsversuche zu Streuner gescheitert. Es wurde Zeit, dass für den Kater wieder Normalität einkehrte, er eine Bezugsperson hatte, die sich um sein Wohl kümmerte.

Sie wählte die Telefonnummer der Wasserburger Polizeistation.

„Grüß Gott, Polizei Wasserburg, Schwenke am Apparat", kam die kurze und knackige Ansage einer weiblichen Person.

„Äh, ja, Grüß Gott. Mein Name ist Karin Müller und ich bin die Nichte von der verstorbenen Frau Hildegard Müller."

„Mein herzliches Beileid." Die Stimme am anderen Ende des Apparats nahm einen weicheren Klang an.

„Äh, ja danke. Ich bin die einzige Verwandte und wollte fragen, wie weit die Ermittlung, ich meine, es ist doch völlig absurd, dass es etwas anderes als plötzliches Herzversagen gewesen ist, ich meine, wann kann ich denn meine Tante beerdigen?"

„Die Ermittlungen müssen Sie schon uns überlassen", die Stimme hatte abrupt eine gewisse Schärfe angenommen. „Es gibt leider eine Verzögerung bei der Obduktion in München. Mein Kollege hat gestern extra nochmal dort angerufen, aber die Hälfte der Rechtsmediziner liegt anscheinend mit Sommergrippe zu Hause oder ist in Urlaub. Es werden im Moment nur die ganz dringenden Fälle obduziert. Wenn sie mir ihre Telefonnummer hinterlassen, rufen wir sie aber gerne an, sobald wir Näheres wissen."

„Ja, danke. Aber ich bin in einer gewissen Notlage. Meine Koffer sind weg und im Haus meiner Tante liegt Kleidung. Wäre es denn möglich, dass ich mir da etwas rausholen kann? In ihrem Testament bin ich auch als Alleinerbin aufgeführt, es hat also alles seine Richtigkeit, wenn ich mir meine Anziehsachen heraushole."

Am anderen Ende war ein scharfes Zischen zu hören. „Auf gar keinen Fall!" Karin konnte fast laut die unausgesprochenen Gedanken der Polizistin hören von ‚Kontaminierung des Tatorts' bis ‚wieder so eine, die ihr Erbe nicht abwarten kann'. Resigniert hinterließ sie ihre Telefonnummer und legte den Hörer auf.

Grauenhafte Vorstellung, dass Tante Hildegard weiterhin in der Rechtsmedizin lag und sie keiner als „wichtig" erachtete. Und mit ihrem Gestotter im Telefonat hatte sie jetzt wohl das Brandmal einer gierigen Erbin auf der Stirn. Mist verdammter!

Dabei hatte sie einfach kein Geld mehr, um sich neu einzukleiden. Das bisschen Guthaben, das sie noch auf dem Konto hatte, brauchte sie für die Fahrt nach Edinburgh, um ihre restlichen Möbel und Dinge abzuholen. Und es ging ja auch nicht nur um die Klamotten aus Tante Hildegards Haus. Streuner ging ein und aus und wer weiß, was der Kater alles anstellte. Sollte sie nochmal bei der Polizeistation anrufen und das klarstellen? Wohl besser nicht. Vielleicht verschloss die Polizei auch noch das Kellerfenster und dann drehte Streuner komplett durch oder verschwand für immer.

Karin griff erneut zum Telefon, vielleicht konnte der Flughafen ihr endlich Auskunft geben, bis wann die Koffer geliefert wurden. Dann wäre zumindest ein Problem gelöst. Bis jetzt war sie trotz mehrfacher Versuche nicht bei der Fundstelle durchgekommen.

„Always look on the bright side of life... didum didum..", trällerte es in Dauerschleife vom Band, „der nächste freie Mitarbeiter ist gleich für Sie da." Karin rollte mit den Augen. „Didum, didum – Sie sprechen mit Peter Weinzirl, was kann ich für Sie tun?" Karin glitt vor Schreck, eine menschliche Stimme zu hören, das Handy aus der Hand. „Hallo, ist da jemand?", tönte es dumpf irgendwo aus den Falten ihres weiten Sweatshirts hervor. „Ja, ja, Moment", keuchte Karin und fingerte hektisch nach dem Telefon. „Ich wollte nachfragen, wo mein Gepäck bleibt.", zum Glück hatte der Onkel auf der anderen Seite noch nicht aufgelegt. „Sie haben das Gepäckstück bereits als vermisst gemeldet?"

„Ja."

„Dann die Referenznummer, bitte?"

„Äh, welche Referenznummer?"

„Die Referenznummer ihrer Gepäckverlustmeldung, welche Sie direkt am Serviceschalter erhalten haben.", die Stimme des Service-Onkels klang einen Hauch genervt.

„Ich habe keine Referenznummer bekommen."

„Dann einen kleinen Moment, ich muss Sie weiterverbinden."

„Moment!", schrie sie, doch schon erklang wieder „... bright side of life, didum, didum..."

Karin knirschte mit den Zähnen.

„Mein Name ist Petra Kleinert, was kann ich für Sie tun?"

„Mein Name ist Karin Müller und ich vermisse meine zwei Koffer, die sie mir nachliefern wollten."

„Ihre Referenznummer bitte, die Referenznummer finden Sie rechts oben auf der Bescheinigung, die ihnen am Service-Schalter ausgestellt wurde", fügte die serviceorientierte Frau Kleinert hilfreich hinterher.

„Ich habe keine Referenznummer, deshalb hat mich ihr Kollege doch weiter verbunden!"

„Dann bitte einen kleinen Moment", und schon wieder erklang Musik. Statt ‚didum didum' war es diesmal das auch nicht wirklich hilfreiche ‚Don't worry, be happy'. Karins Nerven begannen zu flattern. Die letzte Woche war nicht spurlos an ihr vorbei gegangen. Die Trennung von Andrew, der plötzliche Tod von Tante Hildegard, die Ankündigung einer Erbschaft und die noch ausstehende Beerdigung ihrer heißgeliebten Tante. Sie würde jetzt am Telefon andere Seiten aufziehen! Sollte doch noch einmal einer nach dieser beknackten Referenznummer fragen, dann konnte er oder sie aber etwas erleben. Doch als die letzten Takte von Bobby McFerrin verklungen waren, flog sie aus der Leitung. Flopp!

Waren ihre Koffer nun Teil des Flughafenuniversums geworden und dröselten von Gepäckförderband zu Gepäckförderband, bis sie irgendwann in einer Resteverwertung auf einer Versteigerung landeten, wenn sie niemanden am Telefon auftreiben konnte, der ihr ohne Referenznummer weiterhelfen konnte?

Karin packte die Wut. *Was für ein Unfug, dass sich Tante Hildegard selbst umgebracht hat. Oder sie sogar ermordet wurde! Von wem denn? Und weshalb? Ich hänge hier nutzlos herum,* dachte sie. *Florian hat doch total recht, mir gehört das Haus, Streuner braucht Liebe und Geborgenheit und ich meine Wäsche.* In der Gewissheit, dass ihre unkonventionelle Tante Hildegard wahrscheinlich genau das

Gleiche getan hätte, beschloss Karin nun doch, in ihr zukünftiges Haus einzusteigen. Sie würde schon vorsichtig genug sein, dass keiner etwas bemerkte.

Auf dem Weg zur St.-Benedikt-Straße besorgte sie wie geplant frisches Katzenstreu und einige Dosen Katzenfutter. Einmal abgesehen davon, dass sie sich ernsthafte Sorgen um Streuner machte, musste der Anblick, wenn sie das Grundstück mit der offensichtlichen Absicht betrat, die Katze zu versorgen, sogar bei Herrn Lohmeier unverdächtig erscheinen. Auf den hinteren Teil des Hauses konnte nur der neue Nachbar blicken, doch um die Uhrzeit musste der sich sicherlich auf der Arbeit befinden. Was der wohl machte? Boxtrainer? Aber egal, das ging sie nichts an, Hauptsache sein Hund war an der Kette oder im Nachbarhaus. So unverantwortlich konnte selbst der Glatzkopf nicht sein, das Biest frei herumlaufen zu lassen.

Vorsichtshalber drehte sie noch eine Runde durch den Garten und spähte über die Hecke in das Nachbarsgrundstück. Alles ruhig. Gut so!

„Streuner, Streuner", lockte sie leise, „schau, was ich dir mitgebracht habe!" Der Kater war nirgendwo zu sehen.

Vielleicht war er im Haus? Die letzten Skrupel, das Haus illegal zu betreten, flogen über Bord. Karin näherte sich dem offenen Kellerfenster, sondierte nochmal die Lage. Alles blieb weiterhin ruhig in der schwülen Mittagssonne. Sie ging in die Hocke und ließ sich langsam rückwärts durch das Kellerfenster gleiten. Ihre Füße tasteten nach einem Widerstand und sie erwischte dabei einige lose aufgestapelte Kisten, die polternd von einem Tisch unter dem Kellerfenster fielen. Anhand dieser Konstruktion konnte Streuner wohl die Distanz zwischen Kellerboden und Garten überwinden. Sie musste die Kisten also wiederaufbauen, damit die Katze weiterhin ein- und ausgehen konnte.

Endlich war sie im Keller. Ein eigenartiges Gefühl. Hier roch alles nach Kindheit. Nach eingelagerten Äpfeln, nach frisch gewaschener Wäsche auf der Leine und Zitronenlimonade. Mit der selbstgemachten Zitronenlimonade ihrer Tante hatte sie sich an heißen Sommertagen in den Keller verkrochen und aus alten Kartons und Gardinen einen Zufluchtsort geschaffen. Um ihre Eltern getrauert und sich vorgestellt, sie seien gar nicht tot. Sondern verschollen und kämen eines Tages mit einem großen Goldschatz zurück. Würden sie, Karin, in die Arme schließen, sie mitnehmen, ihr ein Pferd kaufen und sie nie wieder verlassen.

Karin atmete tief durch. Der Verlust ihrer Eltern war eingebrannt in ihre Seele. Auch, wenn sie noch sehr klein gewesen war, als das Unglück geschah und sie ihre Eltern, die oft auf Reisen waren, nicht immer um sich gehabt hatte. Weg war weg, für immer. Tante Hildegard hatte wirklich ihr Bestes getan, um dem kleinen Mädchen ein Zuhause zu schaffen. Und es war ihr geglückt, auf ihre Weise, und Karin war unendlich dankbar dafür. Dennoch konnte sie eine Verlustangst nie ganz überwinden. Und die Sehnsucht nach einer intakten Familie, die sie einmal mit Andrew gründen wollte. Diesem Mistkerl! Elendiger!

Langsam durchschritt sie die unteren Räume. Im Vorratskeller stapelten sich die Gläser mit selbst eingemachter Marmelade, getrocknete Kräuter hingen von der Decke. Vor einer Kiste am Boden ging Karin in die Knie und öffnete langsam den Deckel. Vor ihr lag ihr zweiter Kindheitstraum. Wie oft hatte sie die Kiste geöffnet und sich vorgestellt, mit der alten Bonbonmaschine mit den verschiedenen Walzen einen eigenen Bonbonladen in Wasserburg zu eröffnen. Karin lächelte wehmütig.

Dann schloss sie vorsichtig die Kiste, stand auf und ging die Kellertreppe zum Erdgeschoss hoch. Ihre Tante hatte fast das gesamte Erdgeschoss zu einer großen Wohnküche ausgebaut. Hier wurde gekocht, zusammengesessen und auf dem gemütlichen Sofa in einer Ecke sogar ferngesehen. Der wichtigste Lebensmittelpunkt im Haus war der große Esstisch. Ihre Finger glitten zärtlich über die raue Oberfläche des alten Holzes.

Es stimmte, dass es eine große Distanz zwischen ihrer Tante und Andrew gegeben hatte, als Karin ihn zu einem Besuch mitgebracht und ihn vorgestellt hatte.

Wie blind war sie gewesen? Obwohl nicht ganz blind, zumindest nicht in letzter Zeit. Gewisse Anzeichen, dass Andrew ihr nicht treu war, hatte sie anfangs geflissentlich ignoriert. Er war doch der Prinz, der das verschreckte Kind aus dem Kartonversteck geholt und zu seiner Prinzessin gemacht hatte. Nur, dass das Leben kein Märchen war und der Prinz ein testosterongesteuerter Highlander. Karin schluckte erneut die Tränen herunter. Plötzlich miaute es kläglich hinter ihr.

„Streuner, da bist du ja", mit vorsichtigen Bewegungen ging Karin in die Hocke, „komm' mein Kleiner, alles wird wieder gut."

„Miau", neugierig kam der Kater auf sie zu, umrundete sie. Karin hielt ihm ihre Hand hin und Streuner stupste mit seinem rabenschwarzen Köpfchen daran. Willig ließ er sich streicheln und maunzte erneut.

„Warte, gleich bekommst du etwas zu Fressen!", Karin rannte wieder die Kellertreppe hinab. Die Einkaufstasche mit dem Katzenfutter lag noch im Waschkeller, wo sie sie hineingeworfen hatte. Wieder in der Küche wusch sie den Fressnapf aus und füllte ihn mit reichlich Katzenfutter. Gierig stürzte sich Streuner darauf. Sie stellte ihm frisches Wasser dazu und setzte ihren Erkundungsrundgang fort.

Im oberen Geschoß gab es ein winziges Bad und zwei kleine Zimmer. Eines war das Schlafzimmer ihrer Tante gewesen und eines das Zimmer, das ihr gehörte. Dort öffnete sie knarzend den alten Kleiderschrank und holte Unterwäsche und einige Kleidungsstücke heraus.

Das musste für heute genügen. Der Umstand, dass ihre Tante sie zur Alleinerbin gemacht hatte, erfüllte sie immer noch mit einer gewissen Scheu. Aber warum eigentlich? Sie setzte sich auf die Bettkante und strich sanft mit einer Hand über die pinkfarbene Tagesdecke. Das kleine Zimmer, „ihr" Zimmer, sah noch genau so aus, wie sie es nach der Schule verlassen hatte, um auf große Reise zu gehen. So, als wollte Tante Hildegard ihr unbedingt beweisen, dass sie hier ein festes Zuhause hatte. Es für Karin einen Ort gab, an den sie immer, was auch geschah, zurückkehren konnte. Das Problem war nur, dass Karin dies in ihrem tiefsten Innern nicht glauben konnte oder wollte. Und die Bestätigung darin gesehen hatte, als sie damals zufällig mitbekam, wie Tante Hildegard sehr unwirsch auf Andrews Frage nach dem Erbe reagiert hatte. Eigentlich war sie immer auf dem Sprung gewesen. War das jetzt ihre Chance, das zu ändern? Sesshaft zu werden, eine richtige Ausbildung zu beginnen, statt immer nur kurzfristige Jobs anzunehmen?

Seufzend erhob sie sich, packte die Kleidungsstücke in eine Plastiktüte und drehte sich einmal kurz in ihrem Zimmer herum. „Vergelt's Gott, Tante Hildegard", flüsterte sie und ging hinaus. Im Keller wollte sie noch das Katzenklo reinigen und dann wieder verschwinden. Sicherlich war es kein Problem, regelmäßig vorbeizukommen, um nach Streuner zu sehen. Jetzt, wo der Kater allmählich Vertrauen zu ihr fasste und wieder auf regelmäßiges Fressen an seinem angestammten Platz hoffen konnte.

Im Keller angekommen, warf sie die Tasche mit den Kleidungsstücken schwungvoll aus dem Kellerfenster, bevor sie daranging, die Kisten wieder so auf dem Tisch zu stapeln, damit Streuner sie wie eine Treppe nach draußen benutzen konnte.

Vom Garten drangen seltsame Geräusche herein, die sie nicht zuordnen konnte. Karin sprang vom Tisch ab und stemmte sich halb durch das Kellerfenster. Der Nachbarshund Killer ließ interessiert von seinem neuen Spielzeug ab, der großen Plastiktüte mit Karins Kleidungsstücken, und legte sich inmitten der verteilten Klamotten nieder. Hechelnd wartete er ab. Karin erstarrte in ihrer Bewegung. Mit Kopf und Oberkörper draußen, bot sie ein appetitliches „Fressi Fressi" für Killer. Sein Name war sicherlich Programm. Karin kam nun nicht mehr vor oder zurück. Zu allem Unglück hatte sich auch noch ihr weites Sweatshirt an einem Haken des Kellerfensterrahmens verfangen.

„Hallo", rief sie leise. „Hallo, ist da jemand?"

Killer blinzelte und legte seine Schnauze zwischen seinen Vorderläufen auf dem Rasen ab. Er konnte warten.

„Halloooo?!"

8. Kapitel

Bis jetzt hatte noch niemand außer Sebastian Salzinger selbst und sein Schäferhund namens Killer das Haus in der St.-Benedikt- Straße Nummer sechzig seit seinem Einzug betreten. Und das war gewollt.

Die Fenster waren mit blickdichten Vorhängen zugezogen und nur durch das Küchenfenster war ein Blick ins Innere des Zimmers möglich. Auch dies war geplant, um der natürlichen Neugier seiner Nachbarschaft soweit entgegenzukommen, dass nicht der Eindruck entstand, etwas Verheimlichen zu wollen.

In Kürze hatte er vor, seine spartanische Lebensweise zu ändern. Es gab nur noch etwas zu erledigen und eine Entscheidung zu treffen. Doch bis es soweit war, machte es ihm nichts aus, mit einem Minimum an Konsumgütern auszukommen. Er genoss es richtiggehend.

In der Küche öffnete er das Fenster und tat so, als würde er das Aufblitzen von Herrn Lohmeiers Fernglas hinter der Gardine im gegenüberliegenden Haus, nicht bemerken. Langsam hob er den Espressokocher aus dem sonst leeren Hängeschrank und befüllte ihn mit Kaffeepulver und Wasser. Seine einzige Espressotasse stand bereits gespült auf der Anrichte.

Bis das Wasser kochte, stellte er sich ans Küchenfenster und ließ den Blick über die Nachbarhäuser streifen. Herr Lohmeier mit seiner manischen Überwachungs- und Kontrollsucht war aufgrund seines exakten Tagesablaufs mehr als kalkulierbar und leicht zu umgehen. Das hatte offensichtlich auch Herrn Lohmeiers direkte Nachbarin, Frau Zwiebel, entdeckt. Sebastian musste unwillkürlich grinsen.

Denn auch Frau Zwiebel hatte ihre Geheimnisse und ihre Aktivitäten so abgestimmt, dass Herr Lohmeier nichts mitbekam. Und seine neue Nachbarin, diese Kleine, die das Haus neben dem seinen erben würde? Nicht unattraktiv. Keines dieser Magermodels, aber auf die stand er sowieso nicht. Doch irgendetwas sagte ihm, dass es sich bei ihr um eine chaotische Person handelte. Das waren die Unberechenbarsten von allen.

Vielleicht irrte er sich auch. Aber das kam eigentlich so gut wie nie vor. Seiner angeborenen Menschenkenntnis verdankte er es, noch am Leben zu sein. Für Frauen hatte er sowieso keine Zeit.

Leise schloss Sebastian Salzinger wieder das Küchenfenster. „Genug für heute, Herr Nachbar", sagte er und wandte sich seinem Espressokocher zu. Wo ist Killer, dachte er, während er sich Zucker in die dicke, schwarze Flüssigkeit kippte. Er wanderte mit der Tasse durch den leeren Flur und das Wohnzimmer, in dem nur ein Tisch und ein Stuhl als Einrichtung dienten. Die Terrassentür stand einen Spalt offen.

„Killer!"

„Wuff, wuff", kam es aus dem Nachbargarten.

Sein Hund hörte sofort auf jedes Kommando, es war ihm aber nicht abzugewöhnen, Katzen zu jagen, besonders die schwarze Streuner hatte es ihm angetan. Kopfschüttelnd blickte er über die Gartenhecke und brach in schallendes Gelächter aus.

Killer lag immer noch im Gras, während Karin Müllers Kopf und Oberkörper aus einem Kellerfenster ragten. Die einzige Bewegung dieses komischen Standbildes ging von Killers Schwanzspitze aus.

Das Haus ist doch noch versiegelt, dachte Sebastian Salzinger, das ist ja hoch interessant, dass diese Karin Müller durch ein Kellerfenster einbricht.

„Tschuldigung, is da Killer wieder ausgebüxt?", er hob seine kleine Espressotasse mit abgespreiztem, kleinem Finger an die gespitzten Lippen.

Karin Müller knurrte mit hochrotem Kopf etwas Unverständliches.

„Wie bitte? Ach so, ja, wo sind nur meine Gedanken", sagte er in perfektem Hochdeutsch und nahm ein kleines Schlückchen aus dem Tässchen, „Killer, hierher!"

Der Hund erhob sich sofort, schnappte sich ein Teil der verteilten Kleidung vom Rasen und raste durch einen Spalt in der Hecke.

Karin stemmte sich aus dem Kellerfenster und fauchte ihren Nachbarn an: „Wenn ihr Hund nochmal mein Grundstück betritt…"

„Ihr Grundstück?"

„Nun ja, fast… Also, wenn ihr Hund nochmal das Grundstück betritt…"

„Während Sie einbrechen, moanan Sie? Was dann, rufen's die Polizei? I moan nur, nur so aus Interesse."

„Ich, ich bin nicht eingebrochen. Also, nicht richtig!", irritiert durch Sebastian Salzingers bohrenden kalten Blick, fühlte sie sich zu einer Erklärung genötigt. „Ich musste nach Streuner sehen, ihm Fressen geben und das Katzenklo säubern."

„Und scho a paar Sachen raustragen?" Ihr Nachbar zeigte auf die halb ausgeleerte Tüte.

„Das sind nur meine Klamotten. Ich habe nichts anzuziehen, weil meine Koffer im Flughafen verschwunden sind. Und im Haus ist Kleidung von mir und, was geht Sie das überhaupt an…?!"

„Nun, als rechtschaffener Bürger", er blickte ihr tief in die Augen, „san Einbruch und Diebstahl nun amal Gesetzesverstöße." Er bückte sich, gab nochmal ein „Aus-Kommando" an Killer weiter, danach erschien sein Glatzkopf wieder. Jetzt grinste er breit. „Aber es scheint ja so zu sein, wie Sie sagn. Des Teil hier hat mit Sicherheit net ihrer Tante ghört, oder?"

Über den Zaun reichte er ihr einen spitzenbesetzen, mit Hundesabber durchtränkten und zerfetzten Tanga.

„Ihr Hund…", begann Karin giftig, „ihr Hund…".

„Sagns bloß nix gegen meinen Hund." Sein Blick wurde hart.

„Ach, er beißt nicht, sondern will nur spielen?", ätzte Karin über die Gartenhecke und riss Sebastian Salzinger ihr ruiniertes Spitzenhöschen aus der Hand.

„Keineswegs, aber er beißt nur, wenn ich es ihm sage." Und das war durchaus ernst gemeint.

9. Kapitel

„Du hast mit *ihm* gesprochen?"

„Ja, leider!"

„Mit ihm, ‚*the Body*'?", Florians Augen leuchteten. Er war spät nachts nach Hause gekommen und erfuhr erst jetzt die letzten Neuigkeiten.

„Sag mal, was für ein Freund bist du? Der Typ lässt seinen Hund in Tante Hildegards Garten frei herumlaufen und gibt sogar zu, dass der bissig ist!"

„Oh, ein harter Kerl!"

„Ja, *oh,* ein harter Kerl!" Karins Stimme triefte vor Sarkasmus, „darauf könnte ich gerne verzichten! Der ist doch nicht ganz koscher!"

„Das ist seine männliche Aura." Florian und sie saßen am Küchentisch und ließen sich ihr Frühstück schmecken. Florian war erst sehr spät nachts von seinem Vorstellungsgespräch zurückgekommen und noch nicht auf dem neuesten Stand der Dinge. Er hatte den Job und würde in Kürze mit dem Theatertrupp durch die Lande tingeln. „Stehst du nicht auf so etwas?", fuhr er augenzwinkernd hinzu.

Das hatte ihr noch gefehlt, dass er jetzt auf die erste Begegnung mit Andrew anspielte. Denn als sie das erste Mal Schottland besuchte, war sie durch ein Dickicht gestreift, auf der Suche nach dem seltenen Schottischen Moorschneehuhn. In ihrer Gedankenwelt verheddert, den Blick konzentriert auf den kargen Boden gerichtet, hatte sie gar nicht bemerkt, dass sie sich einer Lichtung näherte, auf der muskelbepackte Männer für den traditionellen Wettbewerb ‚Caber toss' übten, bei dem Baumstämme und Felsbrocken möglichst weit geschleudert wurden. Ein

Baumstamm, den Andrew geworfen hatte, hätte sie fast erschlagen. Ihr war schwarz vor Augen geworden, erst vor Schreck, dann vom testosterongeschwängerten Schweiß, der in ihre Nase stieg, als Andrew herbeigeeilt kam und sie in die Arme nahm. Das war der Anfang ihrer Beziehung gewesen und nie, nie wieder würde sie auf solch einen Typen hereinfallen. Nie – never – nunca!

„Du kannst ihn haben." Schwungvoll landete die Kaffeetasse auf dem Unterteller.

„Ach, der ist so hetero, wie einer nur sein kann. Aber träumen darf man ja noch, oder?" Florian tupfte sich den Mund mit der geblümten Serviette ab, „was sind deine heutigen Pläne?"

„Ich werde einmal durch die Stadt bummeln und bei Klara hereinschauen. Sie hat doch immer noch das Café in der Hofstatt, oder?" Klara eine Schulfreundin, die sie ebenfalls besuchte, wenn sie sich in Wasserburg aufhielt. Florian nickte zustimmend. „Und dann sind da noch tausend Dinge zu erledigen. Ich muss mich beim Einwohnermeldeamt ummelden, zum Notar um zwölf Uhr und dann noch wohl oder übel Andrew anrufen, und fragen, wann ich mein restliches Zeug aus Schottland abholen kann und mir einen Transporter organisieren."

„Vergiss nicht, ihm zu erzählen, dass du Haus und Vermögen geerbt hast, das bringt ihn bestimmt auf die Palme", Florian wedelte mit seinen verklebten Fingern in der Luft herum.

Karin kicherte, denn Andrew hatte sie nach dem gemeinsamen Besuch in Wasserburg sehr genau über die Erbschaftsverhältnisse ausgefragt, was sie zu der Zeit ziemlich befremdlich fand. „Mach' ich!"

„Bist du noch sehr traurig?"

Karin sank auf ihrem Küchenstuhl etwas in sich zusammen und nickte. „Schon, aber ich merke jetzt erst, dass ich in Schottland eine Fremde war und immer geblieben wäre, wie lange ich auch dort gelebt hätte. Ich habe wirklich versucht, mich anzupassen, aber eigentlich hat man keine Chance, eine Einheimische zu werden, wenn man nicht von klein auf in dem Land groß geworden ist. Ich habe das erst so richtig nach dem Brexit gespürt, obwohl die Schotten ja mehrheitlich dagegen gestimmt hatten."

„Ist dir einer blöd gekommen?"

„Nein, ganz im Gegenteil. Ich bin ständig darauf angesprochen worden, dass ich mir keine Gedanken machen sollte, ich müsste schon nicht die Insel verlassen. Aber dadurch, dass das alle so betont haben, habe ich mich erst recht als Ausländerin gefühlt, verstehst du? Sie haben es zwar gut gemeint, mir aber gleichzeitig zu verstehen gegeben, ich bin keine von ihnen, auch wenn ich mit Andrew mein Leben teile."

„Und jetzt, wie geht es dir jetzt? Vermisst du deinen Highlander und das Leben in Edinburgh?"

Karin schluckte. „Natürlich vermisse ich Andrew. Aber ich denke, es wäre noch schwieriger, wenn ich in Schottland geblieben wäre. Der räumliche Abstand hilft. Als ich ankam, habe ich mich erst einmal mit Maurerloabin[2] und Regensburgern[3] eingedeckt. Und es genossen!"

„Wie hast du das überhaupt ausgehalten, nur von diesem undefinierbaren Schwabbelbrot zu leben? Ich wollte dir schon Carepakete schicken."

„Indem ich mich in Edinburgh mit Brot eingedeckt habe, dort gab es zwei deutsche Bäckereien. Überhaupt, wenn ich gefragt wurde, was typisch Deutsch ist und alle erwarteten, ich würde ‚Würstel, Sauerkraut, Oktoberfest' sagen, habe ich geantwortet, es wäre die Vielfalt an Brotsorten."

„Hat das einer verstanden?"

„Nein! Sie haben mich angesehen, als wäre ich plemplem!"

Sie lachten.

„Bevor du nach Edinburgh aufbrichst, gehst du vorher nochmal ins Haus?"

„Leider, lässt sich das nicht vermeiden! Ich muss auf alle Fälle nochmal rein. Wenn ich gewusst hätte, dass mich mein neuer Nachbar erwischt, hätte ich gleich viel mehr Klamotten herausgeholt. Außerdem muss das Katzenklo nochmal gereinigt werden, bevor ich für mehr als eine Woche verschwinde. Ich habe nur Angst, dass dieser Herr Salzinger weiterhin seinen Schäferhund frei herumlaufen lässt. Oder mich sieht, wie ich wieder ins Haus einsteige."

„Weißt du was?", Florian schob energisch seine Kaffeetasse von sich, „das nächste Mal checke ich vorher die Lage, du bleibst an der Straßenecke verborgen stehen und wenn die Luft rein ist, rufe ich dich an. Außerdem könnte ich dich so schminken, dass dich keiner mehr erkennen kann. Was meinst du, willst du als altes Mütterchen einsteigen, oder als Femme fatal, oder als junges Bürschchen mit Schnurrbart?" Florian war Feuer und Flamme.

Karin musste lachen. „Nein lass mal, damit würde ich bei den Nachbarn wahrscheinlich noch mehr Misstrauen erregen. Wenn ich hinter dem Garten verschwinde und das Gemüse gieße, ist das wohl am Unauffälligsten. Aber mich beunruhigt eher, dass Herr Salzinger mir Schwierigkeiten mit der Polizei machen könnte. Ich bin ja wirklich eingebrochen und habe etwas aus dem Haus geholt."

„Aber das ist doch dein Eigentum!"

„Vielleicht habe ich auch tausende von Euros in der Plastiktasche versteckt gehabt oder…"

„Die lang vermissten Kronjuwelen von Queen Mum…", Florians Augenbrauen flutschten in die Höhe, „mache dich nicht lächerlich, meine Liebe."

Karin war nicht wirklich beruhigt. Mit dem Nachbarn stimmte etwas nicht, das Gefühl ließ sie nicht mehr los. Und jetzt hatte er sie in der Hand, er könnte sie anzeigen und dabei noch irgendwelche Behauptungen aufstellen, er hätte gesehen, sie hätte dies oder jenes mitgehen lassen.

„Haallooo, Schätzchen an Erde! Du machst dir viel zu viele Gedanken. *The Body* will wahrscheinlich nur seine Ruhe haben, und seinen Hund…"

„… lässt er in Tante Hildegards Garten herumlaufen, weil…"

„weil dieser Schäferhund in Wirklichkeit unsterblich in Streuner verliebt ist…"

„In einen Kater?"

„Liebe kennt keine Grenzen. Und weil der Schäferhund in Streuner verliebt ist, versucht er sein Interesse zu wecken, indem er ihn durch den Garten jagt." Florian biss herzhaft in die Semmel und klimperte mit seinen langen Wimpern.

„Ok, Killer ist in Streuner verliebt. Dann hoffe ich, er ist nicht eifersüchtig und sieht mich nicht als Konkurrentin, die er wegbeißen muss."

„So wie du *aussiehst,* bestimmt nicht. Du willst doch nicht etwa so aus dem Haus?", Florian leckte seine honigverschmierten Finger ab und stand auf. „Denk nicht mal dran!"

„Nein, ich brezel mich natürlich gleich heraus. Du kennst mich doch!"

„Eben, ich befürchte das Schlimmste!"

Beide lachten lauthals auf. Dann erhoben sie sich. „Ich räume hier alles auf, du kannst schon los", sagte Karin und Florian nahm das Angebot dankend an. „Aber mach' was mit deinen Haaren, bevor du das Haus verlässt", rief Florian aus dem Flur.

„Schämst du dich sonst vor deinen Nachbarn?", rief Karin ihm hinterher.

„Aber selbstverständlich, meine Liebe, ich muss meinen Ruf als Style-Berater schließlich verteidigen." Und raus war er zur Tür.

10. Kapitel

Ziellos wanderte Karin nach ihrem Notartermin durch das Städtchen. Ihre Freundin Klara hatte sie nicht erreicht. Wie eine freundliche Kollegin ihr im Café mitteilte, war sie mit Mann und kleiner Tochter in Urlaub gefahren.

Vor dem alten, mittelalterlichen Rathaus machte sich soeben eine Motorradgruppe laut lärmend breit. Was sollte sie, Karin, mit dem Rest des Tages anfangen? Was mit ihrem Leben? Das war die entscheidende Frage, die sich jetzt wieder in den Vordergrund drängte.

Als Stärkung holte sie sich an der Holzbude, die direkt an der Frauenkirche klebte, eine Bosna. Diese mit Currypulver bestäubte ungarische Wurst, mit vielen rohen Zwiebelwürfeln in dem knackig getoasteten länglichen Brötchen, war eine Tradition in Wasserburg. Während sie sich das Currypulver von den Lippen leckte, schlenderte Karin Richtung Herrengasse.

Sie hatte kein Studium vorzuweisen und auch keine Lehre. Nach dem Abitur war sie viel auf Reisen gewesen, hatte sich auf die Spuren ihrer verstorbenen Eltern begeben. Soweit es ging, hielt sie sich mit Jobs über Wasser, half auf Farmen, kellnerte oder jobbte als Verkäuferin. Als Kellnerin oder Verkäuferin konnte sie jetzt wieder arbeiten, aber es behagte ihr nicht. Diese Stellen hatte sie immer nur angenommen in der Gewissheit, sie wären eine Übergangslösung, nie ihre berufliche Bestimmung. Doch, was könnte dies sein, ihre berufliche Bestimmung?

Unwillkürlich dachte sie wieder an ihre Tante. Wie oft hatten sie am Küchentisch gesessen und darüber debattiert, was das Richtige für Karin sein könnte. Und wenn sie am Ende ihrer Debatte beide genau so schlau waren wie zuvor, klang es dann schon wie ein Running Gag, wenn sie wieder einmal beschlossen, gemeinsam einen Bonbonladen in Wasserburg zu eröffnen.

Ein Bonbonladen, mit selbst hergestellten Süßigkeiten, das war Karins absoluter Kindheitstraum!

‚Ach, warum nicht durch die Stadt laufen und die Idee einmal durchspinnen. Ich habe ja Zeit.‘, dachte sie. Die Kiste mit der Bonbonmaschine spukte seit gestern beständig in ihren Gedanken herum. Die alte Lichtenberg aus Marburg war eine Rarität und ein spannendes Kapitel der Familiengeschichte der Familie Müller, denn Tante Hildegards Großeltern hatte einen Bonbonladen in Dresden besessen, bis Hitler an die Macht kam. Während des zweiten Weltkriegs wurden Bonbonmaschinen dieses Fabrikats eingeschmolzen und zu Waffen recycelt, doch diese konnte gerettet und unter abenteuerlichen Umständen versteckt und auf der Flucht nach Bayern gebracht werden. Und das alte Rezeptbuch mit den alten Anleitungen zur Herstellung von Bonbons und Aromen musste sicherlich auch noch irgendwo im Haus sein, denn Tante Hildegard hatte die speckige Kladde mit den Rezepten, die in Altdeutsch aufgeschrieben und nur noch schwer zu entziffern waren, gehütet wie einen Schatz. Ursprünglich hatten die Großeltern wohl die Idee, nach dem Krieg erneut einen Bonbonladen zu eröffnen, doch es kam anders. Der Vater von Tante Hildegard schlug eine akademische Laufbahn ein und Tante Hildegard folgte seinem Beispiel.

In den Jahren des Wirtschaftswunders verschlug es Tante Hildegard nach ihrer Lehrerausbildung nach Wasserburg. Sie unterrichtete Grundschulkinder und das mit viel Geduld und Einfühlungsvermögen. Eine Ehe hielt nur kurz, sie konnte keine eigenen Kinder bekommen und als plötzlich ihre Schwester verstarb und Karin als Waise dastand, war es selbstverständlich, dass die verstörte Kleine zu ihr kam. Eines Tages, als sie das Kind wieder einmal aus dem hintersten Winkel des Kellers fand, zeigte sie Karin die Kiste mit der Bonbonmaschine. Und mit der Vision eines bunten Bonbonladens in Wasserburg konnte sie Karin ein Stück weit aus der traurigen Vergangenheit holen und ihr einen Traum für eine Zukunft einpflanzen.

Und dieser Traum begleitete Karin noch heute.

Tatsächlich, in der Färbergasse stand ein kleiner Laden leer. Sie spähte hinein. Klein, aber nicht zu klein. Die alten Häuser in Wasserburg waren nicht sehr breit, dafür sehr tief und im Mittelalter oftmals so gebaut, dass durch einen Lichtschacht auch die hinteren Bereiche nicht völlig im Dunkeln lagen.

‚Der Laden hier würde passen!‘ Vor ihrem inneren Auge sah sie Regale voller großer dicker Glasgefäße mit bunten Bonbons, Lutscher und Zuckerherzen. Im hinteren Bereich könnte sie – nur mit einer Glasscheibe getrennt, damit die Kundschaft zusehen konnte - den Bereich zur Herstellung der Süßigkeiten einrichten. Nachdenklich kaute sie an ihrer Unterlippe. Karin lief noch zweimal um den Block und spähte abermals in den leeren Laden. In der Kiste mit der Bonbonmaschine hatte sie das Rezeptbuch nicht gesehen. Was aber nicht verwunderlich war, ihre Tante bewahrte dieses Buch sicherlich an einem trockenen, sicheren Ort auf. Sie musste doch sowieso nochmal in Haus, bevor sie nach Schottland abreiste, um weitere Kleidung zu holen. Warum dabei nicht auch noch kurz nachsehen, wo das alte Rezeptbuch sein könnte. Ein weiterer Blick durch das Schaufenster in den Laden. Nachdenklich drehte sie

sich um. Warum warten? Musste Streuners Fressnapf nicht heute noch nachgefüllt werden?

Sie wusste, dass der Kater bereits einige Tage mit Mäusefang und Fütterung durch Frau Zwiebel im Garten bestens zurechtgekommen war. Ach, was! Ihr Nachbar war sicher um diese Zeit bei der Arbeit. *Und überhaupt!* Es ging diesem Herrn Salzinger überhaupt nichts an, ob sie den Garten betrat, oder nicht. *Genau,* der sollte mal schön auf seinen Killerhund aufpassen! Eigentlich müsste sie von ihm Schadenersatz für den zerfetzten Spitzentanga verlangen. *Jawohl!* Vielleicht sollte sie einfach bei ihm klingeln und ihre Forderung stellen. Dann würde sie auch gleich mitbekommen, ob er und Killer Zuhause waren. *Geniale Idee!*

Bis zur St.-Benedikt-Straße war der Plan gereift. Mutig drückte sie die Klingel ihres Nachbarn. Nichts geschah. Kein Bellen, keine Bewegung. Karin seufzte erleichtert auf, wandte sich um und verschwand hinter ihrem eigenen, neuen Zuhause.

Rasch schlüpfte Karin durch das Kellerfenster. Wo war das alte Rezeptbuch? Bestimmt nicht im Keller. Tante Hildegard hatte es sicherlich irgendwo im Wohnzimmer gelagert. Dort wollte sie nachsehen, sobald sie die Kleidung herausgesucht und sich um Streuner gekümmert hatte.

„Streuner?", doch der Kater war nicht im Haus. Als erstes wollte sie ihm die Näpfe auffüllen. Karin ging in die Küche und blickte kurz aus dem Fenster, welches zur Schmalseite des Nachbarhauses zeigte. Ein Fenster im Obergeschoss war geöffnet, doch weiterhin drang kein Geräusch von ihrem Nachbarn oder Killer herüber. Karin seufzte erleichtert auf. Konnte sie es riskieren, kurz das Küchenfenster zu öffnen und den Mief, der sich in dem ungelüfteten Zimmer angesammelt hatte, hinaus zu lassen? Nochmal spähte sie vorsichtig zum Nachbarshaus. Nichts. Vorsichtig öffnete sie das Fenster.

Sie zuckte zusammen, als sie die Stimme ihres Nachbarn hörte. Offensichtlich telefonierte er. Erschrocken, wollte sie gerade wieder das Küchenfenster schließen, als die ersten Gesprächsfetzen zu ihr herüber wehten.

„Die Mischung is zu stark. Mit oana Leich koanst koa Gschäft net macha. Deswegen san die Ingredienzien jetzt verändert worn."

Stille.

„Na, des Zeig is besser wia Ecstasy und du brauchst nur an guad bestückten Garten mit Eisenhut und an Trompetnbaum. Und hoit die Schmerzpflasta."

Stille.

„Na, an die Schmerzpflasta ran zu kemma, is jetzt a net des Wahnsinnsproblem!"

Stille.

„Des geht ganz einfach. Brauch'st net amoil a großes Labor. Des kannst in an kloan Kammerl a fabriziern."

Stille

„Mhm, mhm."

Stille.

„Ja, mei!"

Stille.

„Wie schaut's mit'm Verteilungsweg aus?"

Stille.

„Mhm, mhm."

Die Stimme kam näher, hektisch verschloss Karin das Küchenfenster und kroch auf allen Vieren mit pochendem Herz aus dem Zimmer. Sie hatte genug gehört. Obwohl ihr manchmal mangelnde Menschenkenntnis unterstellt wurde, hier hatte sie sich nicht getäuscht. Ihr Nachbar war ein Krimineller, ein Drogendealer. Ein Typ der übelsten Sorte!

Vorsichtig bewegte sie sich in den ersten Stock und schloss sich in das Badezimmer ein. Hier konnte er sie nicht entdecken, denn das Fenster ging zur anderen Stirnseite des Hauses hinaus. „Polizei", flüsterte sie, „ich muss die Polizei anrufen." Fahrig fingerte sie nach ihrem Handy. *Obwohl, was dann? Sie befand sich widerrechtlich in einem versiegelten Haus. Was, wenn die Polizei bei diesem Salzinger keine fertigen Drogen fand? Sondern nur ein kleines Trompetenbäumchen?* Sie konnte sich das höhnische Grinsen ihres Nachbarn richtig gut vorstellen, wie er die Polizei unverrichteter Dinge höflich verabschiedete. Und dann? Dann hatte er sie im Visier! Und die Polizei macht ihr Ärger wegen des sogenannten Einbruchs. Und wenn sie behauptete, sie wäre gar nicht im Haus gewesen? Aber wenn der Glatzkopf sie anzeigte? Die Polizei würde bestimmt Spuren finden, die bezeugten, dass sie im Haus gewesen war. *Verdammt, verdammt, verdammt!*

Sie musste sich beruhigen. Einatmen, ausatmen. „Ohhhmmm." *Sebastian Salzinger arbeitet nicht allein. Er hat telefoniert. Also steckt eine ganze Organisation dahinter, oder?* „Ohhhmm. Ohhhmm." *Die Mafia?! Sollte sie sich mit der Mafia anlegen? Nie im Leben! Aber all die Kinder, denen die Drogen schon auf dem Schulhof angeboten werden? Bin ich dann nicht mitschuldig, wenn ich nichts sage?*

„Ohm! Ohm! Ohm!" Nein, dieses Gehechel half ihr auch nicht, sich zu beruhigen. Also, was tun? Wieder nahm sie das Handy zur Hand und wählte Florians Nummer.

„Süße, es ist jetzt gaaanz schlecht, ich bin gerade …"

„Florian!", Karins Stimme erinnerte an eine panisch fiepende Maus, die Florian sofort aufhorchen ließ.

„Was ist los, wo bist du?"

„Ich – Badezimmer – Drogen."

„Waas? Karin, Kind, was hast du eingeworfen? Wo genau bist du? Soll ich einen Krankenwagen rufen?" Jetzt klang Florian panisch.

„Nein, nicht ich. Sebastian Salzinger ist ein Drogendealer. Ich habe sein Telefongespräch belauscht." Langsam konnte sie wieder ganze Sätze bilden.

„Wo bist du?

„Im Bad von Tante Hildegard"

„Dann bleibe, wo du bist. Er darf auf keinen Fall mitbekommen, dass du da bist. Hast du das verstanden?"

Karin nickte.

„Karin, hörst du mich, hast du das verstanden?"

„Ja", hauchte sie.

„Gut, warte bis ich da bin. Ich werde irgendwie versuchen, ihn aus seinem Haus wegzulocken, damit du ungesehen verschwinden kannst. Ok?", hastig legte Florian auf. Er würde gute zwanzig Minuten brauchen, bis er vor Ort war. Zeit genug, sich eine List zu überlegen.

Doch keine seiner dramatischen Ideen kamen zum Einsatz. Gerade als Florian in die St.-Benedikt-Straße einbog, schob Sebastian Salzinger sein Motorrad aus der Garage. Killer sprang freudig in den Beiwagen, während sich „the Body" geschmeidig auf die schwarze BMW schwang und den Anlasser betätigte. Dann brausten sie davon, Killers Ohren flatterten im Wind.

***

„Was mache ich denn jetzt?", fragte Karin, nachdem sie Florian die ganze Geschichte erzählt hatte. Sie saßen mittlerweile in Florians Küche.

„Ich finde, deine Beweise sind ziemlich dünn. Und du hast Recht, erst einmal bist du diejenige, die in Erklärungsnot geraten wird. Da, nimm noch ein Schlückchen Eierlikör."

Er schenkte ihr reichlich ein. Eine Pulle von Tante Hildegards berühmten, selbst gemachten Eierlikör, hatte einen Weg zu Florian gefunden. Cremig und hochprozentig. Genau das richtige, nach so viel Aufregung.

„Aber wir können ihn doch nicht völlig ungeschoren damit durchkommen lassen, oder?"

„Hm."

„Ich könnte ein anonymes Schreiben verfassen. Kann man das irgendwo unbemerkt bei der Polizeistation in Wasserburg einwerfen?"

„Bestimmt. Wenn du willst, übernehme ich das für dich morgen.", bot Florian großzügig an.

„Oh, das wäre total lieb von dir. Ich habe schreckliche Angst, dass dieser Sebastian Salzinger irgendwie herausbekommt, dass ich hinter dem Schreiben stecke."

Ich will auch nicht, dass „the Body" erfährt, dass ich ihn angeschwärzt habe, dachte Sebastian. Darum habe ich auch eine viel bessere Idee, wie der Brief zur Polizeistation kommen kann.

***

Nächtliche Stille senkte sich über die Siedlung. Einzig bei Frau Zwiebel brannte noch eine Kerze auf ihrem Terrassentisch. Friedlich war es, Dieter war bereits früh in seinem getrennten Schlafzimmer verschwunden und über ihr glitzerten die Sterne. Sie kniff die Augen etwas zusammen und suchte den kleinen Wagen im Sternenbild.

Es war nicht schwierig gewesen, einen Liebhaber zu finden. Kein Adonis, sondern ein Mann, jünger als sie, mit einer Vorliebe für das Bergsteigen. Einer, der sie beflügelte und ermutigte. Der Sex war leidenschaftlich und ihrem Alter, den knackenden Knochen und ausgeleierten Bandscheiben entsprechend angepasst. Wie sollte es nur weitergehen?

***

Doch die Nacht fing gerade erst an. Während sich Heerscharen von Schnecken aufmachten, die zarten Salatpflänzchen in den Gärten zu vertilgen, war es nur dem Zufall geschuldet, dass sich zwei Personen nicht begegneten. Die eine Person war Florian, der sich vom reichlichen Genuss des Eierlikörs beschwingt durch die St.-Benedikt-Straße bewegte. Vor Herrn Lohmeiers Briefkasten blieb er stehen, öffnete die Briefkastenklappe und besah sich nochmal kurz den Brief in seiner Hand.

„Bitte an die Polizei Wasserburg weiterleiten" stand mit großen Buchstaben auf dem Umschlag. Florian wusste nicht, ob eine versteckte Kamera vor der Polizeistation Wasserburg den Eingangsbereich und damit auch den

Briefkasten überwachte. Er wusste aber, dass sich Herr Lohmeier mindestens einmal wöchentlich auf seiner alten Arbeitsstelle blicken ließ. Sehr zum Leidwesen seiner ehemaligen Kollegen, übrigens. Er rechnete damit, dass Herr Lohmeier den Brief zur Polizeiwache bringen und dort den Inhalt des Briefes erfahren wird. *Hallo?! Herr Lohmeier, dieser scharfe Hund, konnte doch den Salzinger im Auge behalten und nach Indizien suchen?* Die Polizei in Wasserburg hatte wohl kaum die Ressourcen, das umfangreich zu erledigen?

Florian war sehr zufrieden mit sich, als er klappernd den Brief einwarf. Das leise Rascheln aus dem Garten nahm er kurz wahr, ein Igel?

Nein, für einen Igel war das Wesen, das durch den Garten huschte, eindeutig zu groß.

11. Kapitel

Herr Lohmeier war irritiert. Punkt fünfuhrzwanzig ragte seine Zeitung aus seinem Briefkasten. War der Zeitungs-austräger nun zur Vernunft gekommen? Oder wollte er ihn verhöhnen? Heute die Zeitung zur richtigen Zeit brin-gen und morgen wieder eine Stunde später? Ihm, Herrn Lohmeier, zeigen, dass es durchaus ginge, seine Wünsche zu respektieren, aber es in der Macht dieses Dienstboten stünde, dies zu tun oder zu unterlassen? Herr Lohmeier rief sich zur Vernunft. Solche Spekulationen brachten nichts. Er würde das Gebaren des Zeitungsausträgers wei-ter beobachten.

Nun, heute konnte er zur richtigen Zeit seinen frisch aufgebrühten Kaffee zusammen mit dem Bayerischen Boten genießen. Beschwingt lief er zu seiner Haustür.

Zwei Drehungen des Hausschlüssels, Tür geöffnet, einen Schritt hinaus, tief einatmen, die zwei Treppenstufen hinunter und zehn Schritte bis zum Briefkasten. Öha, was war das denn? Ein Brief? Herr Lohmeier runzelte die Stirn. Er hatte doch gestern direkt, nachdem der Briefträger seine Runde durch die Straße gemacht hatte, seine Post geholt. Seltsam. Vorsichtig nahm er ihn in die Hand. „Bitte bei der Polizeistation Wasserburg abgeben" stand mit großen Let-tern auf dem Umschlag. Kein Absender. Die verknautschte Breitseite zeugte davon, dass der Umschlag durch einen Drucker gezogen worden war. *Ob es Fingerabdrücke gibt? DNA, weil der Klebestreifen abgeleckt worden war?* Loh-meiers Gehirn switchte auf Polizisten-Modus. Vorsichtig legte er den Brief auf dem Betonpfosten, in welchen der Briefkasten eingelassen war, ab. *Warum befand sich dieser*

Brief in seinem Briefkasten und nicht im Briefkasten der Po-
lizeistation? Das war eine Frage, die ihn beschäftigte, als er
ins Haus wieselte, um Pinzette und eine Klarsichthülle zu
holen, um den Umschlag vor weiteren Verunreinigungen
und falschen Fingerabdrücken zu schützen. Als er schließlich seinen Kaffee schlürfte und auf das Corpus Delicti
starrte, während der Bayerische Bote ungelesen neben
ihm lag, hatte er noch keine Antwort gefunden. Er musste
nachdenken.

***

Ausnahmsweise war Karin früh aufgestanden. Sie
musste endlich das Telefonat mit Andrew hinter sich bringen. Wenn es nach ihr ginge, würde sie jetzt gerne aus Wasserburg verschwinden, während die Polizei Ermittlungen
über Sebastian Salzinger anstellte. Aus der Schusslinie zu
sein, wäre sicherlich die beste Strategie. Sie würde Frau
Zwiebel bitten, Streuner wieder Futter und Wasser in den
Garten zu stellen. Ihr Geld reichte gerade noch aus, um
einen Kleintransporter zu mieten, mit dem sie die restlichen Möbel und Kisten aus Schottland holen würde.

Sie wählte die Handynummer von Andrew. „Hi",
klang es rau am anderen Ende. Karin schossen wieder die
Tränen in die Augen, wie vertraut und doch verändert alles
war! Sie riss sich zusammen. „Hi", sagte sie, „wir müssen
noch ein paar Dinge klären."

***

Felix Habicht sah ihn vom Fenster aus kommen und
seufzte laut auf. „Er ist wieder im Anmarsch", rief er laut
in die Runde seiner Polizeikollegen, die sich mit Kaffeebechern bewaffnet zur Frühbesprechung in seinem Büro

eingefunden hatten. „Sollen wir einfach so tun, als wären wir nicht da?", scherzte die Polizeianwärterin Schwenke, die seit einem halben Jahr das wöchentliche Zeremoniell kannte. Gelächter folgte. Felix Habicht fand es überhaupt nicht komisch. „Nein, aber du kannst dich heute um ihn kümmern", schnauzte er seine junge Kollegin an, „aber mach's so kurz wie möglich und sieh zu, dass er von den aktuellen Fällen nichts mitbekommt."

„Bleib ruhig, Felix. Dem alten Lohmeier hat's den Boden unter seine Füß' weggerissen, nachdem seine Frau verstorben ist. Der hat halt jetzt nichts mehr, um was er sich kümmern kann." Xaver Obermeier, sein gemütlicher Kollege, der für Verkehrssicherheit zuständig war, versuchte zu beruhigen.

„Ja, scho. Deswegen hab' ich ihn ja noch nicht hochkant rausgeschmissen", Kriminalkommissar Habicht machte eine eindeutige Kopfbewegung Richtung Sabine Schwenke, „Gemma, avanti! Psychologische Betreuung gehört auch zu unserem Job. Da kannst mal zeigen, was draufhast."

Polizeianwärterin Sabine Schwenke fügte sich ihrem Schicksal. Sie wusste, sie hatte noch viel Praxis zu lernen. Pöbeleien und Aggressivität von teils Betrunkenen war sie bereits umfangreich ausgesetzt gewesen. Ein nächtlicher Besuch bei Eltern, denen sie zusammen mit einem erfahrenen Kollegen beibringen musste, dass ihr einziges Kind verunfallt oder ermordet in der Gerichtsmedizin lag, war ihr jedoch bis jetzt erspart geblieben. Auch dieses Bauchgefühl, mit denen einige Polizisten gesegnet waren, wenn es darum ging, Verdächtige einzukreisen, spielte bei ihr komplett verrückt. Kein Fünkchen hatte sich in ihr geregt, um anzuzeigen, dass die treuherzig blickende Achtzigjährige eine notorische Diebin war. Wogegen ihre Alarmglocken bimmelten, wenn sie Herrn Lohmeier nur ansah. Lag es an seinem durchbohrenden Blick? Nun, heute würde sie sich allein mit ihm unterhalten, mal sehen, vielleicht konnte sie analysieren, woher ihr Unbehagen kam.

Der ehemalige Kollege stand bereits im weitläufigen Vorraum. War er die Treppen hinaufgeflogen? Eine breite Glaswand und eine gesicherte Tür trennten sie.

„Guten Morgen, Herr Lohmeier, ist schon wieder Donnerstag?", sprach sie durch die Sprechanlage. Der Witz ging voll daneben.

„Ist der Habicht da?", raunzte es zurück.

„Das ist heute wirklich schlecht", Sabine Schwenke setzte ein bedauernd-einfühlsames Gesicht auf. „Jetzt ist grad Besprechung und dann muss er direkt nach Rosenheim."

„Ich müsst ihn aber ganz dringend… Könnens nicht die blöde Tür aufmachen?"

„Einen kleinen Moment", die Polizeianwärterin war kurz abgelenkt von Felix Habicht, der vom Flur herüber zischte: „Bring ihn in den Aufenthaltsraum und biete ihm einen Kaffee an, damit er mich nicht sieht, wenn ich rausgehe." Er hatte es heute wirklich eilig und überhaupt keinen Nerv, den Tag wieder mit Herrn Lohmeiers Tiraden zu beginnen. Schnell verschwand er in seinem Büro und schloss die Tür.

Sabine Schwenke betätigte den Summer und Herr Lohmeier drückte schnell kräftig gegen die Tür. Nicht, dass dieser Frischling hinter dem Tresen es sich anders überlegte. Kurz dachte er darüber nach, ob er die junge Frau einfach ignorieren und ins Allerheiligste vordringen sollte.

„Ich hab was abzugeben."

„Das können Sie mir auch geben, ich leite es weiter."

Schickten sie jetzt eigentlich schon Zwölfjährige auf Streife? Misstrauisch beäugte er die Polizeianwärterin, die die Holzklappe hochhob und zu ihm heraustrat.

„Nein, ich glaube, das gebe ich dem Habicht persönlich ab."

„Dann müssen Sie aber warten. Wollen Sie einen Kaffee?"

„Dauert's lang?"

„Mei, Sie wissen doch. So eine Morgenbesprechung kann schon einmal ein bisschen länger dauern. Jetzt trinken Sie doch einmal ihren Kaffee, wenn die Kollegen dann noch nicht fertig sind, sag ich Bescheid, dass Sie Herrn Kriminalkommissar Habicht sprechen möchten." Freundlich dirigierte sie ihn aus dem Empfangsbereich in den breiten Flur Richtung Aufenthaltsraum.

„Hier hat sich nichts verändert", Herr Lohmeier ließ sich auf einem gedrechselten Holzstuhl nieder und ließ seinen Blick über die dunklen Holzpanelen an der Wand schweifen.

„Nein, es tut sich einfach nichts in Bezug auf eine neue, moderne Polizeiwache." Die große Thermoskanne gab rülpsende Geräusche von sich, während die junge Polizeianwärterin den Kaffee in einen Kaffeebecher pumpte. „Hauptsache die Rosenheimer sitzen in ihren neuen, modernen Büros."

„Da sitzen sie aber wie die Ölsardinen."

Gut, dachte Sabine Schwenke erleichtert, *dieser Gesprächsstoff ist unverfängliches Terrain.*

Die Polizeiwache Wasserburg befand sich als Mieter der Stadt in dem alten historischen Salzstadel und teilte sich das Gebäude unter anderem mit einem Kindergarten und einer Freikirche. Die Räumlichkeiten waren großzügig, doch hinkten sie den Anforderungen einer zeitgemäßen Polizeiwache weit hinterher.

„Das schon, aber etwas moderner wäre schon schön", der volle Kaffeebecher wurde von ihr vor Herrn Lohmeier abgestellt, „allein die Garagen…", hier verstummte Sabine Schwenke. Die Garagen mit den hölzernen Doppeltüren waren ursprünglich für Kutschen konstruiert worden. Das Ein- und Ausparken der größeren Polizeieinsatzfahrzeuge verlangte gutes Augenmaß. Hatten die Kollegen nicht erzählt, dass Herr Lohmeier regelmäßig die Außenspiegel abrasiert hatte?

Kurzes Schweigen, währenddessen Herr Lohmeier die junge Polizeianwärterin musterte. Die war noch so grün hinter den Ohren, die durfte wahrscheinlich nur den Verkehr regeln, wenn überhaupt. Von der war inhaltlich nichts zu erwarten. Er suchte daher ein unverfängliches Thema.

„Wann kommt denn der Neue?"

„Es könnte auch *die* Neue sein."

„Was?" Herr Lohmeier stellte entsetzt seinen halb geleerten Kaffeebecher ab. „Eine Frau?" Jetzt kniff Sabine Schwenke ihre Augen entrüstet zu Schlitzen, „ja, warum denn nicht?"

Felix Habicht führte die Polizeiwache derzeit nur kommissarisch. Über die neue Leitung wurde wild spekuliert.

„Letzte Woche hieß es, es kommt ein Franke. Jetzt eine Frau. Vielleicht noch Vegetarierin? Eine vegetarische Fränkin als neue Leiterin?" Der ehemalige Polizist schüttelte sich. Die Welt stand Kopf.

Sabine Schwenke atmete tief durch. Jetzt wusste sie, woher ihr Unbehagen herrührte. Der alte Querkopf vor ihr war ein Chauvinist durch und durch. Wahrscheinlich konnte er sich nur vorstellen, dass Polizistinnen ausschließlich für das Verteilen von Strafzetteln einsetzbar waren. Sie schnaubte verächtlich. *War Felix Habicht verschwunden und konnte sie sich endlich ihrer eigentlichen Arbeit widmen, statt den Babysitter für diesen Lohmeier zu spielen?*

Lohmeier schien ähnliche Gedanken zu haben. Er drehte ihr seinen leeren Becher hin. „Ausgetrunken. Was ist jetzt, informieren Sie Herrn Habicht, dass ich da bin? Ich habe nicht den ganzen Tag Zeit. Und wie gesagt, ich hätte da was abzugeben.«

Irgendwo rumste eine Tür. Herr Lohmeier sah der jungen Frau ins Gesicht, die eine ausdruckslose Miene aufgesetzt hatte und zählte Eins und Eins zusammen. Verärgert erhob er sich. „Danke für den Kaffee", sagte er steif. Jedes weitere Wort erübrigte sich. Auch Sabine Schwenke wusste, dass ihr Gegenüber wusste, dass er ausmanövriert worden war. Obwohl sie ihn unsympathisch fand, regte sich so etwas wie ein schlechtes Gewissen in ihr.

„Sie wollten doch etwas abgeben?"

„Nichts Wichtiges. Danke, ich finde den Weg allein hinaus!" Lohmeier war stinksauer. Von einer Polizeianwärterin hinters Licht geführt. Das hat die sich nie von allein getraut. Da steckte doch der Habicht dahinter! *Miese Führungsqualität, ganz miese Führungsqualität! Stahl sich einfach zur Tür hinaus und ließ ihn auflaufen. Geschah ihm Recht, wenn er zukünftig von einem Weibsbild mit fränkischem Dialekt seine Anweisungen erhielt und die zum Einstand statt Leberkässemmeln vegetarische Antipasti ausgab!*

In seiner alten Lederaktentasche schlummerte der Brief, den er eigentlich hatte abgeben wollen. *So nicht,*

Freundchen, so nicht, dachte er. Der Brief war bei ihm privat eingeworfen worden. Die auf der Polizeiwache, bei der er ihn ordnungsgemäß abgeben wollte, hatten ihn abblitzen lassen.

Immer noch schäumend vor Wut schritt Herr Lohmeier durch die Stadt und überlegte seine nächsten Schritte. Wieder Zuhause angekommen, holte er den Umschlag aus der Tasche. *Es hat doch etwas zu bedeuten, dass der Brief bei mir eingeworfen wurde?* Schließlich holte er aus seinem Keller Latexhandschuhe und griff zur Pinzette, die immer noch auf seinem Küchentisch lag. Dann befüllte er einen Topf mit Wasser und brachte ihn zum Kochen. Heißer Wasserdampf stieg auf. Ein kurzes Zögern noch, dann streifte er sich die Latexhandschuhe über und fischte den Brief mit der Pinzette aus der Klarsichthülle. *Mal sehen, was der Inhalt des Schreibens ist,* dachte er, während er die Rückseite des Umschlags über den Wasserdampf hielt.

> *Sehr geehrte Damen und Herren, Herr Salzinger aus der St.-Benedikt-Straße 60 ist ein Drogenhändler. Wahrscheinlich stellt er auch die Drogen selbst her. Es hat bereits einen Toten gegeben. Bitte handeln Sie!*

Herrn Lohmeiers graue Gehirnzellen begannen zu rattern. Sein Nachbar, ein Drogendealer? Oder gab es nur einen Denunzianten, dem der Nachbar nicht passte? Nun, das würde er schon herausfinden. Sein Blick schweifte kurz über seinen Küchentisch, auf dem der Bayerische Bote immer noch ungelesen lag. „Polizei tappt weiterhin im Dunkeln! Schnupftabakmörder immer noch nicht gefasst" Die große Überschrift war nicht zu übersehen. Nachdenklich kaute Herr Lohmeier an seiner Unterlippe. Was da in

seinen Briefkasten geflattert war, konnte sich unter Umständen noch als Segen herausstellen.

12. Kapitel

Karins gepackte Tasche stand bereits im Flur, sie musste nur noch den kleinen Transporter abholen und Frau Zwiebel bitten, sich für ein paar Tage um Streuner zu kümmern. Doch zuerst blieb ihr nichts anderes übrig, als zum Haus in der St.-Benedikt-Straße zu gehen, um im Garten das Gemüse zu gießen und gleichzeitig nachzusehen, ob es irgendwelche Spuren gab, die auf ihr Eindringen in den Keller hinwiesen. Karin wollte das Kellerfenster so abdecken, dass es für Streuner möglich war, ein- und auszugehen, es aber keinen Einbrecher einlud, das Haus zu betreten. *Immerhin ist Killer dafür gut, dachte sie, wenn jemand das Umfeld auskundschaftet, wird schnell klar, dass da ein aggressiver Schäferhund aufpasst.*

Karins wohlwollende Gedanken über Killer verflüchtigten sich schlagartig, als sie das Haus erreichte. Der Schäferhund saß wie eine Sphinx hinter dem Gartentor. Auf ihr „Husch, husch, rüber zu deinem Herrchen" gähnte er herzhaft und ließ dabei sein eindrucksvolles Raubtiergebiss sehen. Auch ihr kurzes Aufstampfen mit den Füßen und wildes Armfuchteln ließen Killer unbeeindruckt. Karin schäumte innerlich. Jetzt musste sie wohl oder übel bei ihrem kriminellen Nachbarn klingeln. *Ob er mir ansieht, dass ich weiß, dass er ein Drogendealer ist, dachte sie. Aber woher denn?, versuchte sie sich zu beruhigen. Ist es nicht die beste Tarnung, wenn ich mich ganz normal benehme und bei ihm klingle. Das täte ich sicherlich nicht, wenn ich wüsste, dass da einer von der Mafia sitzt. Wenn also in den nächsten Tagen die Polizei bei dem Herrn Salzinger ihre Ermittlungstätigkeit aufnimmt und wenn die Polizei ihm sagen würde,*

82

dass es einen anonymen Tipp gegeben hat. Bin ich für ihn nicht der Tipp-Geber. Aber darf die Polizei das überhaupt?

Während Karins wilden Überlegungen fuchtelte sie weiter mit ihren Armen und stampfte mit den Beinen auf in der Hoffnung, Killer würde den Wink verstehen und von allein verschwinden. Doch der Hund war direkt hinter dem Gartentor wieder zur Skulptur erstarrt.

Die Szene beobachtet Herr Lohmeier nur am Rande, er sammelte gerade sein gesamtes Equipment zusammen, um es strategisch auszurichten. Dabei wunderte er sich zwar über den Veitstanz von Frau Müllers Nichte auf dem Gehweg, schenkte dem aber in seinem Bestreben, die verschiedenen Beobachtungsposten aufzubauen, nicht allzu viel Bedeutung.

Wohingegen Sebastian Salzinger durch einen Gardinenspalt linste und sich vor Lachen schüttelte. *Ob Rumpelstilzchen sich traut, an Killer vorbei das Grundstück zu betreten? Nein, jetzt kommt sie doch rüber zu mir.* Lässig wartete er ab.

Es klingelte Sturm. Sebastian Salzinger ließ sich Zeit. Als er endlich die Tür öffnete, stand Karin mit hochrotem Kopf vor ihm und schnappte nach Luft, als hätte sie einen Marathonlauf hinter sich.

„Sie, Sie, Ihr Hund, also ...“

„Grüß Gott erstmal“, Sebastian Salzinger lächelte vom Treppenabsatz huldvoll herunter.

„Ja, Hallo“, knirschte Karin Müller zwischen den Zähnen hervor. „Ihr Hund sitzt schon wieder auf meinem, ich meine, auf Tante Hildegards Grundstück. Hätten Sie vielleicht die Güte, ihn zurückzupfeifen und bei sich anzuleinen?“

„Warum?“

Karins hochrote Gesichtsfarbe verstärkte sich sehr zur Freude ihres Nachbarn noch weiter, „wie, warum?"

„Wollens wieder einbrechen?"

Wäre es Menschen möglich, Dampf aus Nasenlöchern und Ohren abzulassen, Karin hätte spätestens jetzt in einer Nebelwolke gestanden. Dieser Kriminelle wagte es, ihr einen Rechtsverstoß vorzuwerfen? Ein Drogendealer, der Menschen süchtig machte und ins Verderben stürzte? Der ganze Familien in den finanziellen und seelischen Abgrund brachte? Karin würgte eine Erwiderung herunter. *Sei vorsichtig, der Kerl ist gefährlich!*

„Nein", zischte sie, „wenn's Recht ist, würde ich gerne das Gemüse und die Blumen gießen."

„So, so, soll i des jetzt glaubn?"

„Das ist mir so was von Wurscht, was Sie glauben! Sie – pfeifen – jetzt – ihren – Hund – zurück!"

„Jetzt san's doch net glei so hysterisch!"

„Ich bin *NICHT* hysterisch! Ihr Hund hat *NICHTS* auf fremden Grundstücken verloren!"

„Ach so, danke! Guad, dass Sie mir des sagn."

Vor Karins Augen tanzten bereits schwarze Pünktchen. „Und?!"

„Und, was?"

„Ihr Hund!"

Sebastian Salzinger sah sie irritiert an.

„Pfeifen?"

„Ah so, ja, wo bin ich Dummerchen nur mit meinen Gedanken?" Ein kurzer Pfiff ertönte und Killer stob durch die Hecke.

„War's das?"

„Nein!", Karin war immer noch auf Hundertachtzig. Alle Vorsicht vergessend. „Ersetzen Sie mir eigentlich den Tanga, den mir ihr Hund ruiniert hat?"

Sebastian Salzingers Grinsen reichte nun von einem Ohr zum anderen. „Aber gerne. Wollen wir ihn zusammen aussuchen gehen?" Killer kam angeschlittert und sein Herrchen griff nach seinem Halsband.

„Komm, Killer, ab ins Stübchen." Er wandte sich um und ging ins Haus. Bevor er die Tür schloss, ließ er seinen Bizeps spielen und sah Karin tief in die Augen „im Innkaufhaus soll's für so a kloane Stadt a ziemlich guade Auswahl an Dessous gebn. Sagn's einfach Bescheid, wenn's Zeit ham." Dann fiel die Tür ins Schloss.

Karin stand noch einen kurzen Moment vor der verschlossenen Tür und versuchte, ihre Atmung wieder auf Normalstatus herunterzufahren. Dann stapfte sie entschlossen in ihren Garten und klapperte mit der Gießkanne. *Hoffentlich sackt ihn die Polizei bald ein, dachte sie, und er verschimmelt für Jahre im Gefängnis! Dort finden seine Zellengenossen seine Muckis sicherlich auch ganz toll...* Sie gab sich hemmungslos weiteren Verwünschungen hin, während sie Wasser in die Gießkanne plätschern lies. Auf keinen Fall wollte sie sich eingestehen, dass sie eigentlich muskulöse Männerkörper auch nicht ganz so übel fand.

***

Herr Lohmeiers Gesicht zeigte deutliche rote, hektische Flecken. Zu gerne hätte er den Disput am Gartenzaun gegenüber aufgenommen, doch zu allem Unglück war ihm das Stativ für die Kamera zwei Mal zusammengekracht und bis die Kamera einsatzbereit geschaltet war, hatte sich Frau Müllers Nichte auch schon von dannen gemacht.

Verdammte neue Technik! Früher gab es einfache, handliche Einstellungen von Entfernung und Belichtung, heute schnurrte eine Kamera wie von Geisterhand getrieben, das Objektiv sauste tollwütig von allein nach vorne und wieder nach hinten und belichtete, was ihm gefiel. Mistdinger, Neumodische!

Er seufzte tief auf. Es gab noch viel zu tun. Einmal abgesehen von der Kamera, wollte er noch kleine Überwachungskameras, die mit seinem Laptop verkoppelt waren, anschließen. Erlaubt war das nicht, so seine Nachbarn auszuspähen. Aber diese vermaledeiten Datenschutzbestimmungen hatten ihm schon die Arbeit erschwert, als er noch im aktiven Dienst war! Ein Hohn war das, ein Hohn! Während Google und Facebook Daten sammelten, um damit ungehindert ihre User auszuspähen und zu manipulieren, durfte ein Polizist bei der Verbrechensbekämpfung bei jeder noch so kleinen Telefonüberwachung Männchen vor dem Staatsanwalt machen und *bitte, bitte,* betteln. Wenn Kriminelle nicht vor Lachen einen Herzanfall erleideten, dann waren sie kaum dingfest zu machen. Das ganze Geheule zur Datenspeicherung! Einfach lachhaft, wenn es nicht so traurig wäre. Als nächstes sollten sich die Polizisten am besten bei einem Zugriff in ein Haus vorher die Schuhe ausziehen, damit der Parkettboden geschont wird. Polizeistaat wurde geschrien, wenn vor einem Kindergarten Geschwindigkeitskontrollen durchgeführt wurden. Aber zu jedem Pieps wurde die Polizei hinzugerufen, wenn das Problemchen auch mit gesundem Menschenverstand gelöst werden könnte. Die Flecken im Gesicht Herrn Lohmeiers verstärkten sich. Sein Arzt hatte gesagte, er solle Aufregung vermeiden. Abstand zu seinem alten Beruf gewinnen. Sich ein Hobby suchen, Wandern zum Beispiel.

Der ehemalige Polizist schnaufte laut auf. *Wandern! Was für ein Schmarrn!* Damit konnte er später beginnen.

Langsam stieg er die Kellertreppe hinunter und zückte einen Schlüssel vor einer eisernen Tür. Dahinter hatte früher ein großer Heizöltank gestanden, bevor er auf Gas umgestiegen war. Heute nannte er diesen Raum „meinen Geheimkeller". *Welch' Glück, dass die Polizei davon nichts weiß,* kicherte er vor sich hin, *die wären gar nicht glücklich damit, gar nicht!* Doch das Ziel heiligt alle Mittel! Er öffnete die Tür, in einer Kiste hatte er noch Abhörwanzen liegen. Es wäre doch gelacht, wenn er bei seinem Nachbarn nichts finden würde, was er gegen ihn verwenden könnte. *Es muss ja nichts mit dem vergifteten Schnupftabak zu tun haben*, dachte er und lächelte leise vor sich hin, *Hauptsache ich decke irgendeine kriminelle Handlung auf.*

***

Karins Arbeiten waren erledigt. Blumen und Gemüse reichlich gegossen, das Kellerfenster soweit mit Holzscheiten verdeckt, dass es nur noch nach einer Katzenklappe aussah. Sie war sehr zufrieden mit sich. Jetzt konnte sie zu Frau Zwiebel gehen und sie bitten, Streuner regelmäßig zu füttern und ihm frisches Wasser hinzustellen. *Hoffentlich ist sie da und hat Zeit, sich um Streuner zu kümmern, Florian muss die nächste Zeit immer wieder zu der Theatergruppe und hat seinen Kopf nicht frei,* dachte sie, während sie die Straße überquerte und bei ihrer Nachbarin klingelte. Nichts rührte sich bei Frau Zwiebel. Als sie sich gerade enttäuscht umdrehen und gehen wollte, öffnete sich die Tür.

Frau Zwiebel wirkte etwas angespannt. „Ach Grüß Gott, Sie sind's! Sind Sie schon eingezogen?"

Karin linste in das Haus, doch die Zwischentür zwischen Windfang und Flur war zugezogen. „Ja, hallo, nein, der Erbschein liegt leider immer noch nicht vor."

„So, so." Frau Zwiebel sah kurz über die Schulter, „Ich, äh, heute ist es bei mir a bisserl schlecht, um Sie herein zu bitten."

Bei mir ist auch oft nicht richtig aufgeräumt, was sich die Leute immer so anstellen? „Nein, nein, ich wollte ihnen gar keinen Besuch abstatten."

„Ach so?"

„Ja, ich muss für ein, zwei Wochen nochmal los und meine Sachen aus Schottland abholen. Und ich wollte Sie fragen, ob Sie so lange Streuner versorgen können?"

Ihre Nachbarin atmete sichtbar auf. „Ach so, ja freilich, das mache ich gerne."

„Das Futter besorge ich ihnen noch und stelle es ihnen morgen vor die Tür. Soweit ich das beobachten konnte, benutzt Streuner das Gemüsebeet als Katzenklo, da muss also nichts gemacht werden."

„Gut!"

Gesprächig war Frau Zwiebel heute wirklich nicht. „Also dann, vielen Dank!"

„Gern geschehen!", ihre Nachbarin war schon dabei, die Haustür zuzuziehen, „Und eine gute Reise!"

Ihr „Ja, danke", sagte Karin bereits zur geschlossenen Haustür. Kopfschüttelnd machte sie sich auf den Weg zu Florian.

13. Kapitel

Frau Zwiebel atmete tief durch. *Eigentlich schade, dass ich Frau Müllers Nichte nicht hereinbitten konnte, dachte sie, ein junger Mensch im Haus gegenüber wird der Nachbarschaft sicherlich guttun.* Doch sie brauchte die kostbare Zeit, die Dieter außer Haus verbrachte, unbedingt für sich. *Das hole ich nach, sobald ich kann.*

Ein kurzer Blick auf ihre Armbanduhr zeigte ihr, dass sie nicht mehr viel Zeit hatte. Sie ging in das Wohnzimmer, auf dem Boden lagen wild durcheinander Verträge. Um diese Dinge kümmerte sich Dieter, was sie bisher immer sehr geschätzt hatte. Doch nun wollte sie sich einen Überblick verschaffen. Sie nahm ein Blatt in die Hand. „Lebensversicherung", stand darauf. Frau Zwiebel angelte sich einen Block und notierte die Summe. Dann sah sie abermals auf ihre Armbanduhr und packte die Dokumente schnell zusammen. Kurze Zeit später erschien Dieter in der Tür, Gertrud Zwiebel zwang sich zu einem Lächeln.

„Das Wetter ist so wunderbar. Sollen wir nicht einen Ausflug machen?"

„Dafür ist es doch viel zu heiß."

„Wir könnten an den Chiemsee fahren, mit dem Boot auf die Fraueninsel und uns geräucherte Forellen mitnehmen."

„Du immer mit deiner Fraueninsel", mäkelte Dieter, „die ist zu dieser Jahreszeit voller Touristen. Außerdem weißt du doch ganz genau, dass heute wieder mein Schmalzlertreffen beim Gruberwirt stattfindet."

„Heute? Schon wieder?"

Dieter sah sie missbilligend an. „Ich hatte es dir doch erzählt. Es gibt eine Dringlichkeitssitzung wegen des vergifteten Schnupftabaks.“

„Ach so“, sie war enttäuscht, „was könnt ihr schon dagegen machen?“

Jetzt war Dieter wirklich verärgert. „Druck auf die Politik. Druck auf die Industrie. Marketingaktionen, damit diese verpfuschten Schnupftabakmischungen aus den Regalen kommen. All so etwas. Aber das interessiert dich ja nicht!“

Das stimmte allerdings. Es interessierte sie kein bisschen. Resigniert schob sie sich an ihm vorbei und ging in die Küche. „In zehn Minuten gibt es Essen. Hilfst du mir den Tisch auf der Terrasse zu decken?“

„Auf der Terrasse? Bist du von Sinnen? Bei den vielen Fliegen und Wespen?“ Dieter sah sich förmlich röchelnd auf der Terrasse liegen, nachdem ihm so ein Wespenvieh in den Hals gestochen hatte.

Getruds Fantasie ging in die gleiche Richtung. Allerdings verzog sich dabei ihr Mund zu einem Lächeln.

14. Kapitel

„Des glaube ich jetzt nicht!", Felix Habicht starrte durch die Glasscheibe, die den Empfangsbereich mit der Wartezone der Polizeiwache trennte. Herr Lohmeier stand davor und winkte ihm freundlich zu. Heute gab es keine Fluchtmöglichkeiten für Habicht.

„Einen guten Morgen, Herr Kollege", grüßte Lohmeier nachdem der Türsummer betätigt und die Zugangstür geöffnet worden war. Felix Habicht standen bei dem Wort „Kollege" sofort alle Haare zu Berge.

„Morgen", murmelte er und überlegte, ob er sich auf eine Diskussion einlassen sollte, dass ehemalige Polizisten nun einmal Privatpersonen seien und nichts mehr auf einer Polizeistation zu suchen hatten. Stattdessen versuchte er freundlich zu bleiben und sagte, „willst mir heute abgeben, was du der jungen Schwenke nicht hast aushändigen wollen?"

„Wer ich?"

„Ja, sie hat mir berichtet, du wolltest gestern etwas abgeben. Und zwar nur mir. Jetzt bin ich da." Ungeduldig wippte er auf seinen Füßen auf und ab.

„Ach so, das. Nein. Also, das war nicht so wichtig."

„Aha."

„Was, aha?"

„Aha, weil du es gestern gar so dringend gemacht hast."

„Gestern war es dringend, heute nicht mehr."

„Womit haben wir dann heute die Ehre?" *Irgendwas ist da doch im Busch?* Felix Habicht erkannte Ausweichmanöver sofort.

„Ich wollte mich bei der jungen Polizeianwärterin noch für den Kaffee bedanken und ihr etwas geben, ist sie da?"

„Nein, die ist unterwegs."

„Kann ich warten?"

„Kann ich das nicht entgegennehmen und ihr geben?"

„Ach nein, das würde ich schon gerne selber machen. Kann ich vielleicht im Aufenthaltsraum warten?"

Was für ein Umstandskrämer, dachte Felix Habicht, *was ist eigentlich so Schwieriges dabei, etwas für jemanden anderen abzugeben? Oder hat er etwas vor? Was auch immer…,* Er wollte gerade ein Machtwort sprechen, als Xaver Obermeier zu ihnen stieß.

„Ja, der Lohmeier. Warst' nicht erst gestern da?", fragte er gutmütig. Er ignorierte Polizeikommissar Habichts rollende Augenbewegungen, die ihm andeuteten, sich schnellsten von dem ehemaligen Kollegen zu verabschieden. „Magst an Kaffee?"

„Sind wir hier ein Bistro?", murmelte leise der Vorgesetzte und lauter, „also ich muss wieder an die Arbeit. Servus."

„Wir sehen uns", antwortete Lohmeier und Herr Habicht zuckte merklich zusammen.

Xaver Obermeier von der Verkehrssicherheit war ein bayerisches Gemüt in Person. Der Bauch wölbte sich über seinen Hosenbund und die Knöpfe seines Uniformhemds spannten sich bedrohlich. Insgesamt sah er das häufige Erscheinen seines alten Kollegen entspannter. So wurde Herr Lohmeier von ihm auch nicht in den Aufenthaltsraum dirigiert, sondern durfte in dem großen Büro Platz nehmen. Während sein ehemaliger Kollege Obermeier für Becher und Kaffee nach nebenan in den Aufenthaltsraum ging, schielte Herr Lohmeier auf den Computer. Er war heute nicht ohne Hintergedanken in die Polizeiwache gekommen. Es brannte ihm unter den Nägeln, ob er im Personenabfrageprogramm INPOL-FALL etwas über Sebastian Salzinger finden würde. Dazu musste er Mittel und Wege finden, für eine kurze Zeitspanne unbemerkt an einen PC zu kommen. Einen Plan, wie ihm das gelingen könnte, hatte er nicht. Aber einen Versuch war cs wert.

„Habt ihr wieder gebastelt?", Lohmeier zeigte auf ein Mobile, als Xaver Obermeier vorsichtig mit zwei vollen Kaffeebechern das Büro betrat. Verkehrserziehung in Kindergärten und Grundschulen gehörten ebenfalls zum Aufgabengebiet der Verkehrssicherheit. Xaver Obermeier brummte zufrieden, „ja, des war wieder a ganz liebe Kindergartengruppe. Mei, in dem Alter sans noch so unbeschwert…"

„… und so unverdorben", ergänzte Lohmeier, während er das herabhängende Gebilde aus ausgeschnittenen und kreuz und quer bemalten Papierschnipsel betrachtete. *Bis zum Kunststudium ist es noch ein weiter Weg, dachte er, sollen das Polizeiautos sein?*

Er hütete sich, das laut auszusprechen, denn er wusste, dass sein ehemaliger Kollege darauf ziemlich eingeschnappt reagieren würde. „Wie geht es denn sonst so?", fragte er währenddessen und nippte an seinem Kaffeebecher.

„Ja, mei."

Ein bayerisches „ja mei" umfasst alles. Von der großen Weltpolitik bis zur samstäglichen Gehwegreinigung. Wohingegen ein „öha" Ausdruck von tiefster Abscheu bis zur allerhöchsten Anerkennung sein konnte. Hier kam es auf die Betonung des Wortes – ähnlich wie in der chinesischen Sprache – an. Bei dem gemütlichen, wortkargen Obermeier kam er nicht weiter. Schnell trank er seinen Kaffee aus. „Dann vergelt's Gott für das Getränk, ich bring den leeren Becher selbst weg, damit du weiterarbeiten kannst."

Xaver Obermeier hob kurz die Hand zum Gruß, „dann habe die Ehre und bis bald." Lohmeier verschwand im gegenüberliegenden Aufenthaltsraum, die Tür ließ er angelehnt.

Er würde einige Zeit verstreichen lassen und dann durch den Flur schlendern. Vielleicht war ein Büro leer und er konnte sich kurz am Computer zu schaffen machen. Kurz darauf ertönte die laute Stimme von Felix Habicht im Flur: „Alle zu mir ins Büro! Ich hatte gerade die Polizeidirektion München am Apparat. Es betrifft die Soko Schnupftabak!"

Aus den Büros waren eilige Schritte zu hören. Lohmeier konnte seine Neugier nicht bezwingen und streckte seinen Kopf einen Moment zu früh aus dem Aufenthaltsraum. Felix Habicht blickte ihn direkt an. „Du musst jetzt gehen, Lohmeier!". Er blieb stehen, bis sich dieser auf den Flur quälte. Der Polizeikommissar würde ihn im Blick behalten, bis er verschwunden war. Keine Chance, unbemerkt an einen Computer zu kommen. Sei es drum, er hatte soeben eine wichtige Information erhalten. Auf dem Flur sammelten sich langsam die Diensthabenden. „Ich wollte euch alle zu einem Bier in meinen Garten einladen", erklärte Lohmeier in die Runde und sah, wie bei den Einzelnen unmerklich die Köpfe zwischen die Schulterblätter sackten.

Mit einem höflichen, „schau ma mal", wurde er hinauskomplimentiert. Es war klar, keiner von ihnen würde bei ihm klingeln.

Er konnte also in Ruhe arbeiten. Die Soko Schnupf-tabak hatte also eine Verbindung nach Wasserburg herge-stellt. Eine beunruhigende Nachricht.

15. Kapitel

Die Reise nach Schottland und wieder zurück hatte zwei Wochen gedauert. Doch diese Zeit war notwendig gewesen, ihr Leben auf der Insel noch einmal Revue passieren zu lassen. Mittlerweile war sie sich sicher, dass – trotz des Schmerzes – das Ende der Beziehung mit Andrew vorauszusehen gewesen war. Mit ihrem dringenden Wunsch nach einer dauerhaften Bindung hatte sie sich bei Andrew zu viel selbst vorgemacht. Deshalb war auch das letzte Wiedersehen mit ihm sehr kurz verlaufen, er hatte ihr nur geholfen, die Kisten und Kleinmöbel im Transporter zu verstauen. Offensichtlich war ihm die Begegnung unangenehm. Seine Neue war überhaupt nicht in Erscheinung getreten und Karin war darüber erleichtert gewesen. Kein Zurückblicken mehr, vor ihr stand ein vielversprechender Neuanfang, zumal sie einen Anruf von der Polizeiwache Wasserburg erhalten hatte, dass bei der Obduktion ihrer Tante eine natürliche Todesursache festgestellt worden war. Sie konnte sie endlich würdevoll beerdigen.

In Wasserburg fand sie Florians Häuschen verlassen vor, er war bereits voll im Stress bei seinem Theaterfestival und schickte ihr per WhatsApp viele Fotos mit den von ihm phantasievoll geschminkten Figuren. Er war offensichtlich ganz in seinem Element. Karin kümmerte sich daher erst einmal um den vollen Briefkasten und das Gießen sämtlichen Grünzeugs rund um sein Haus.

In der Post war auch das Schreiben des Nachlassgerichts. Sie war offizielle Erbin des Nachlasses ihrer Tante. Jetzt durfte sie ins Haus und auf alle Konten und Sparbücher zugreifen. Auch auf den Kleinwagen, der in der Garage stand, und ihr das Leben erheblich erleichtern würde.

Einmal abgesehen von der bevorstehenden Beerdigung sah sie ihrer Zukunft optimistisch entgegen, besonders, wenn die Polizei während ihrer Abwesenheit aktiv geworden war und Sebastian Salzinger eingebuchtet hatte. Sie hofft es.

Nachdem Karin gestern den Erbschein vorgelegt hatte, war mittlerweile das polizeiliche Siegel verschwunden, den Schlüsselbund und die restlichen Unterlagen hatte sie direkt beim Nachlassgericht in Rosenheim abgeholt.

In der St.-Benedikt-Straße herrschte Ruhe. Kein Nachbar in Sicht, kein Trommelwirbel und kein roter Teppich, als sie den Haustürschlüssel in das Schloss steckte und umdrehte. Ihr Heim! Eigentlich, denn noch hingen an der Garderobe Tante Hildegards Mäntel und Jacken. Karin schloss die Tür und wanderte durch die Räume. Ausgemistet und renoviert musste werden, das stand außer Frage. Aber sie wollte es in einer Art und Weise erledigen, dass der alte Charme des Hauses erhalten blieb.

Karin öffnete alle Fenster und die Terrassentür, um das gesamte Haus durchzulüften. Dabei sah sie zum Gebäude ihres Nachbarn. Keine Regung. *Vielleicht ist er verhaftet worden? Oder hat Lunte gerochen und ist abgehauen? Am besten, ich frage Frau Zwiebel, dachte sie, wenn etwas passiert ist, dann müsste sie es wissen. Ich muss ihr sowieso sagen, dass ich wieder da bin und ihr das englische Gebäck als kleines Danke-Schön vorbeibringen. Doch zuerst wollte sie sich provisorisch einrichten.*

Sie begann, ihr altes Kinderzimmer herzurichten. Saugte und wischte den Staub weg. Bezog ihr altes Bett frisch, wandte sich dann zum Bad und begann alles zu schrubben. Immer wieder glitt ihr Blick zum Nachbarshaus. Völlige Stille. Auch Streuner war nicht zu hören. Er fing offenbar Mäuse außer Haus. Warum nur war sie so beunruhigt? War es nicht ein gutes Zeichen, wenn sich nichts bewegte?

Karin ging in die Küche, mistete den Kühlschrank aus und stellte fest, dass sie dringend einkaufen musste. Die Kisten und Kleinmöbel aus Edinburgh lagerten bereits in der Garage. Unter großem Geächze schob sie alles beiseite, damit sie den Wagen herausfahren konnte. *Den lasse ich in nächster Zeit besser vor der Tür stehen, damit ich mehr Platz zum Räumen habe,* entschied sie. Zu ihrer großen Freude sprang das Auto an und sie parkte langsam aus. *Alles wird gut,* dachte sie, *alles wird gut.* Bevor sie zum Beerdigungsinstitut aufbrach, um den letzten Weg von Tante Hildegard zu besprechen, starrte sie nochmal auf das Nachbarhaus.

Doch auch am Abend blieb alles verwaist. Selbst Frau Zwiebel öffnete nicht die Tür, als sie mit den Keksen bewaffnet deren Klingel betätigte. Dafür streckte Herr Lohmeier sein Haupt um die Hausecke.

„Kann ich Ihnen helfen?"

Wieso soll er mir helfen, wenn ich bei Frau Zwiebel klingle?, fragte sich Karin. *Aber als Sheriff der Straße weiß er vielleicht, wann sie wiederkommt.* „Ich wollte zu Frau Zwiebel, aber die scheint nicht da zu sein. Wissen Sie, ob sie länger weggefahren ist?"

„Nein, das sagt sie mir nicht", leicht beleidigt kam Herr Lohmeier näher.

„Äh so, ja dann, vielen Dank."

„Wollten Sie etwas abgeben, das können Sie auch bei mir lassen, ich gebe es ihr, sobald sie wieder da ist."

Unverhohlen neugierig starrte Herr Lohmeier auf die Kekspackung.

Wie bescheuert ist das denn? „Nein, vielen Dank. Ich wohne ja jetzt direkt gegenüber. Ich darf jetzt offiziell mein Erbe antreten", Karin gab sich einen Ruck und reichte Herrn Lohmeier ihre Hand entgegen, „auf gute Nachbarschaft."

„Habe mir schon so etwas gedacht, als das Siegel an der Haustür entfernt wurde", natürlich war dem ehemaligen Polizisten nichts entgangen.

Aber sollte sie ihn fragen, ob es eine Drogenrazzia im Nachbarshaus gegeben hatte? Noch bevor Karin die Vor- und Nachteile abwägen konnte, hatte sich Herr Lohmeier bereits umgedreht und war wieder hinter seinem Haus verschwunden. *Na, das bekomme ich noch früh genug heraus, dachte Karin, in einer Kleinstadt wie Wasserburg spricht sich so etwas doch schnell herum. Vielleicht gibt es noch verdeckte Ermittlungen und es ist gut, dass ich Herrn Lohmeier nicht gefragt habe.*

Einigermaßen beruhigt legte sich Karin etwas später schlafen. Das Schlafzimmerfenster blieb geöffnet und die Grillen zirpten sie in den wohlverdienten Schlaf.

***

Dieter Zwiebel stellte seine Haferlschuhe[(4)] in den Flur und setzte seinen Trachtenhut samt Gamsbart ab. Dann wanderte er durch sein Haus.

Gertrud war wieder einmal bei ihrer Freundin in München. *Was die Weiber so viel zu besprechen hatten? Na, egal.* Er öffnete den Kühlschrank und nahm ein kühles Bier heraus. Die Platte mit dem kalten Schweinebraten folgte. Mit dieser Verpflegung bewaffnet ließ er sich vor dem Fernseher nieder. Bayern München gegen die Mainzer. Na das würde ein Spaß! Der FC Bayern würde die Preissen wegfegen, ein spielerisches Gemetzel liefern, wie es Dieter gefiel. Gebannt starrte er auf den Bildschirm, während kühles Bier seine Kehle herunterrann und die Scheiben des kalten Schweinebratens folgten.

In der Halbzeit holte er sich ein weiteres Bier. Es stand bereits 3:0 für den FC Bayern. Ein Fest! Sollte er sich zur Belohnung noch eine Prise Schnupftabak einverleiben? Beim 4:0 stand sein Entschluss fest, diesen fulminanten Sieg der Bayern bayerisch zu feiern. Er griff zu seiner Schnupftabakdose und schnippte andächtig eine Prise auf seinen linken Handrücken. Dann zog er den Tabak genüsslich tief in seine Nasenlöcher ein.

16. Kapitel

Karin erwachte unsanft, als Streuner mit einem Satz auf ihren Bauch sprang. Ihre Hand tastete nach dem weichen Fell. „Fünf Minuten, dann komme ich", murmelte sie. Doch der Kater fand diese Aussage nicht diskutabel und miaute Karin direkt ins Ohr, in einer Art, wie es nur Katzen können, wenn sie anderer Meinung als ihre untergebenen Menschen sind. Grummelnd erhob sich Karin, während Streuner dicht um ihre Beine strich.

Also tapste sie die Treppe hinunter und füllte die Wasser- und Futternäpfe. Noch mit halb geschlossenen Augen öffnete Karin anschließend die Terrassentür. Und erstarrte. Vor ihr saß Killer und grinste sie mit gebleckten Zähnen an. Mit einem Schlag war sämtliche Müdigkeit vertrieben. *Mist! Mist! Mist! Also hat es noch keinen Polizeieinsatz gegeben.*

„Killer, hierher!", erschallte ein Ruf aus Nachbars Garten und der Schäferhund verschwand augenblicklich.

Vorsichtig streckte sie ihren Kopf heraus.

„Ah, guten Morgen, Frau Nachbarin. San's jetzt einzogn? So richtig und ganz offiziell?"

Karin atmete tief durch. *Unauffällig benehmen, unauffällig!",* beschwor sie sich und trat auf die Terrasse. Sofort bereute sie ihren Entschluss, als sie bemerkte, wie sich Sebastian Salzingers Augen weiteten. Das alte T-Shirt, welches sie gestern aus dem Schrank gefischt und als Nachthemd angezogen hatte, gab mehr preis, als es verdeckte. Mit einem Satz sprang sie zurück ins Haus. „Ja!", rief sie hinüber und zog an ihrem T-Shirt, welches sich aber auch dadurch nicht verlängern ließ.

„Ko i earna mit Kaffee oder Butter aushelfen?"

*Glaubte der, sie wäre so blöd und würde nochmal halb-
nackt vor die Tür gehen?* „Nein, nein, danke. Alles ok."

„Ja dann, bis demnächst!" Sebastian Salzinger kapierte
offensichtlich den Wink und verschwand. Karin atmete erleichtert auf. *Was mache ich denn jetzt? Wird er wenigstens
observiert?* Sie hastete wieder in die obere Etage, vom Flurfenster hatte sie den besten Blick über die Straße. Autos
parkten entlang dem Gehweg, doch sie konnte keines entdecken, in dem eine Person saß und versuchte, sich unauffällig zu benehmen. Auch keine Spur von einem abgedun-
kelten VW-Bus, aus welchem Drogenfahnder das Nachbarhaus beobachteten. *Mist, Mist, Mist! Haben die bei der
Polizei den Brief eigentlich ernst genommen?,* grübelte sie,
während sie unter der Dusche stand. *Vielleicht bekomme
ich ja nochmal ein Telefongespräch oder etwas anderes Verdächtiges mit, dann MUSS die Polizei den Fall ernst nehmen.* Entschlossen rubbelte sie sich trocken und griff zur
Zahnbürste.

Die erste Gelegenheit ergab sich, als sie nachmittags
den Kleinwagen von Tante Hildegard ausräumte. Durch
den Rückspiegel sah sie, wie Sebastian Salzinger langsam
sein Motorrad aus der Garage rollte, einen dicken Seesack
im Beiwagen verstaute, in den auch Killer sprang.

Karin verrenkte sich fast den Kopf, um einerseits
möglichst unsichtbar zu sein und um andererseits alles
mitzubekommen. Während sich Sebastian Salzinger seinen Sturzhelm mit dem dunklen Visier aufsetzte, fasste
sie einen Entschluss. Langsam steckte sie den Autoschlüs-
sel in das Zündschloss. Als das Motorrad ansprang und
Killer erwartungsvoll bellte, setzte sich Karin im Sitz auf
und schloss die Autotür. Ihr Nachbar hatte sie offensicht-

lich nicht bemerkt, denn er schwang sich auf sein Gefährt und brauste los. Karins Wagen sprang augenblicklich an, sie wendete und hatte Glück, das Motorrad vor ihr noch zu sehen. *Wow, der hält sich ja an die Geschwindigkeitsbegrenzung von 30 km/h. Obwohl, typisch Krimineller, er will nicht von der Polizei gestoppt werden.* Grimmig erhöhte Karin ihr Tempo, um das Motorrad nicht aus den Augen zu verlieren. Kurz und kräftig blitzte es vor ihr auf. War sie etwa in eine Radarfalle geraten? *Egal, ich mache das für die Kinder, denen schon auf dem Schulhof die Drogen verkauft werden.*

Jetzt sauste ihr Nachbar in den Kreisverkehr und Karin konnte gerade noch entdecken, dass er die Ausfahrt Richtung Prien nahm. Fest umschloss sie das Lenkrad, bis ihre Handknöchel weiß hervortraten. Wenn er jetzt losbrauste, hatte sie keine Chance. Hinter Eiselfing, der nächsten kleinen Ortschaft, gab sie Gas. Doch als sie die Anhöhe von Perfall erreichte, war ihr Nachbar samt Killer und Seesack verschwunden. Wo war er hin? Karin erhöhte abermals ihr Tempo, aber nachdem sie das nächste kleine Wäldchen passierte, war ihr klar, dass das Motorrad nicht diesen Weg genommen hatte. *Also, zurück!* Die Chancen schwanden, Herrchen und Hund noch zu finden. Karin kaute auf ihrer Unterlippe, während sie den Wagen langsam zurück auf die Anhöhe von Perfall fuhr. Einer Eingebung folgend, bog sie rechts in die Murner Filzen[5] ab. Ein Feldweg führte sie bis an den Waldrand. Als Kind war sie hier oft mit ihrer Tante spazieren gegangen. Diese ursprüngliche Moorlandschaft mit den kleinen Bächlein und Rinnsalen war ein Stück naturbelassener Natur. Ein Waldweg führte trockenen Fußes durch dieses Gebiet und endete in einer Lichtung.

Der Spazierweg war nur Einheimischen bekannt und deshalb gab es auch keine ausgebauten Parkbuchten. Die schwarze BMW war dennoch nicht zu übersehen, einsam und verlassen stand sie am Waldesrand.

Unschlüssig hielt Karin an. Sie wollte auf keinen Fall in dieser Abgeschiedenheit allein auf ihren Nachbarn samt Schäferhund treffen. *Aber so komme ich bei meiner Spurensuche natürlich auch nicht weiter, vielleicht sehe ich nur in den Beiwagen und durchsuche den Seesack. Ich parke so, dass ich direkt zurück ins Auto springen und wegfahren kann.* Umständlich parkte sie rückwärts ein, dann schwang sie sich aus dem Wagen und ging vorsichtig die paar Schritte zum Beiwagen. Leer. *Mist!* Sollte sie sich doch auf den Weg machen? *Wieso schleppt der Typ auch einen Seesack ins Naturschutzgebiet? Was hat er da drin?* „Ok, ich mach's", sprach sie zu ihrem Auto, während sie den Wagen abschloss, „es ist doch wohl nichts gegen einen Spaziergang einzuwenden, bei dem schönen Wetter, oder?"

Trotzdem klopfte ihr Herz bis zum Hals, während sie sich langsam auf den Weg machte. Selbst das sanfte Plätschern des kleinen Bachs neben ihr beruhigte sie nicht. Ständig sah sie sich um, als ob ihr Nachbar oder sein Schäferhund hinter einem Baum lauern würden. Sie rief sich mehrmals zur Besinnung, doch als sie am Ende des Weges eine Lichtung erreichte, die vollständig von Wald umgeben war, erstarrte sie kurz, um sich anschließend schnell hinter einem Gebüsch zu verstecken.

Sebastian Salzinger stand mit dem Rücken zu ihr, er konnte sie daher im Moment nicht entdecken. Für einige Sekunden dachte sie, er hätte sich in ein Michelin-Männchen verwandelt. Was hatte er da nur an? Die Erkenntnis traf sie wie ein schwerer Schlag, als von Sebastian Salzinger der kurze Befehl „Fass!" über die Lichtung schallte. Killer stürzte sich knurrend auf ihn und verbiss sich in den Schutzanzug. Zitternd blieb Karin hinter ihrem Gebüsch sitzen. Mittlerweile lag ihr Nachbar auf der Wiese, während der Schäferhund weiter an ihm zerrte. „Aus!"

Sofort ließ Killer los und rannte bellend um sein Herrchen herum, der sich schwer atmend aufsetzte. Plötzlich blieb der Hund stehen und sah in Karins Richtung. Hatte er sie entdeckt? Gehört? Gerochen? Panisch robbte Karin aus dem Gebüsch zurück in den Wald. *Wohin, wohin jetzt?* Wenn sie auf dem kürzesten Weg zurücklief, war sie schnelle Beute für Hund und Herrchen. Was würde ihr Nachbar mit ihr machen, wenn er wüsste, dass sie ihn beobachtet hatte? Killer auf sie hetzen? Sie im Moor verschwinden lassen? Sie stolperte über Bäume und versank bis zu den Knöcheln in dem sumpfigen Untergrund, als sie den Weg verließ. *Ich muss vor ihm bei meinem Auto sein, damit er nicht mitbekommt, dass ich ihn ausspioniert habe.* Während Karin herunterhängende Zweige ins Gesicht peitschten, schlugen ihre Ängste Kapriolen. Sie brauchte eine Ewigkeit, bis sie auf Umwegen wieder ihren Wagen erreichte. Zitternd öffnete sie die Tür und schloss sich sofort ein. Sie drehte am Schlüssel, das Auto sprang an und sie trat auf das Gaspedal. Der Wagen machte einen Satz nach hinten. In ihrer Hektik hatte Karin übersehen, dass sie immer noch den Rückwärtsgang eingelegt hatte. Fluchend schaltete sie in den ersten Gang und trat abermals auf das Gaspedal. Die Reifen drehten aufheulend durch, sie steckte fest. Schwer atmend legte sie kurz ihren Kopf auf das Lenkrad, da klopfte es an ihrer Fensterscheibe.

„Ko i earna helfa?" Das verstörte Gesicht seiner attraktiven jungen Nachbarin sprach Bände. „Moment, des hama glei!" Er sah sich suchend um, verschwand kurz und kam mit einem Brett zurück, das er von irgendwoher gezaubert hatte. „Jetzt gebn's langsam Gas, aber ganz langsam.", ertönte es hinter ihrem Wagen hervor. Wie in Trance tat Karin, wie ihr geheißen und tatsächlich steuerte der Wagen aus dem feuchten Untergrund auf sicheres Gelände. Sie konnte jetzt doch nicht einfach Gas geben und davonbrausen, ohne eine Erklärung, ohne ein Dankeschön. Was, wenn er fragte, was sie hier tat?

Wieder klopfte es an dem Fahrerfenster.

„Pilze!", schrie sie verzweifelt.

„Was?"

„Ich habe Pilze gesucht!"

Sebastian Salzinger sah verblüfft durch die Scheibe, dann schüttelte er ganz langsam den Kopf. „Ts, ts, hier gibt's koa Pilze.", drang es dumpf in das Wageninnere.

Mist, verdammter! Natürlich gibt es im Juli keine Pilze. Was erzähle ich für einen Schrott! Jetzt ist alles aus!

Vorsichtig wandte sie ihren Kopf zu ihrem Nachbarn. Mittlerweile war es glühend heiß im Auto, doch sie wagte nicht, die Scheibe herunter zu drehen. Jetzt machte er ihr auch noch ein drehendes Zeichen mit der Hand, damit sie das Autofenster herunterkurbelte. *Was mache ich jetzt? Vielleicht habe ich eine Chance, wenn ich ihn nicht verärgere.* Quietschend drehte sie an der Kurbel und ließ die Scheibe langsam herunter. Sebastian Salzingers Kopf kam ganz langsam auf ihre Höhe.

„Hier gibt's koa Pilze", wiederholte er leise, „hier gibt's nur Schwammerl."

17. Kapitel

Die alles entscheidende Frage bei der Soko Schnupftabak war, wie der Inhaltsstoff Fentanyl aus dem Arzneimittelbereich der Betäubungsmittel in den Schnupftabak gemischt werden konnte. Und warum ausgerechnet in den Schnupftabak!

Fentanyl ist etwa 50 bis 100 Mal stärker wirksam als Morphin und wird vor allem bei stärksten Schmerzen bei Krebserkrankungen angewandt. Natürlich nur auf speziellen, sogenannten BTM-Rezepten, die in Praxen und Krankenhäusern vorschriftsmäßig in Safes aufbewahrt werden müssen. Die Rezepte selbst sind mit laufenden Seriennummern durchnummeriert und es musste jederzeit nachprüfbar sein, wann für welchen Patienten solch ein Medikament ausgestellt wurde.

Auf diesem Weg war ein Missbrauch leicht nachzuweisen. Schwieriger wurde es im späteren Umgang, wenn die gebrauchten Schmerzpflaster über den normalen Hausmüll entsorgt wurden, was außerhalb der Krankenhäuser kaum mehr zu kontrollieren war.

Dies wurde zu einem zunehmenden Problem für die Drogenfahnder, denn die Junkies hatten eine neue Möglichkeit entdeckt, sich billigen Stoff zu besorgen, wenn sie an solche gebrauchten Schmerzpflaster herankamen. Es war immer noch genügend Inhaltsstoff vorhanden, wenn die Pflaster ausgekocht und der Sud direkt in die Venen gespritzt wurde. Allerdings mit nicht vorhersehbaren Folgen, denn eine Dosierung war unmöglich. Dies hatte oftmals den direkten Tod des Junkies zur Folge.

Das Fentanyl im Schnupftabak stammte tatsächlich aus Schmerzpflastern. War aufwändig aufbereitet worden, die Inhaltsstoffe ausgekocht und anschließend so eingedickt worden, dass klebrige kleine Klümpchen übrigblieben, die schließlich im Schnupftabak landeten.

Warum nur um Himmels willen, betrieb jemand so einen Aufwand?

Bernd Faber, Leiter der Soko Schnupftabak, stand an der großen Pinwand und überprüfte die verschiedenen Ermittlungsansätze. Zu viele Enden waren noch offen und keiner der derzeitigen Ermittlungsansätze machten wirklich Sinn. Er glaubte genau so wenig an einen Sabotageakt an der Schnupftabakindustrie wie an einen persönlichen Anschlag auf den toten Roland Kaufwedel. Aber wie war der Kaufwedel an den vergifteten Schnupftabak gekommen? Hier stockten die Ermittlungen derzeit noch.

Immerhin konnte der Vertrieb des vergifteten Schnupftabaks räumlich eingegrenzt werden. Die Mischung, von hoher Qualität und ohne die chemischen Zusätze, die in den Modeschnupftabakmischungen zu finden waren, wurde ausschließlich in Spezialgeschäften verkauft. Diese abzuklappern, war zeitaufwändig und mühsam. Aber die Mitglieder der Soko versprachen sich davon, dass die Verkäufer eventuell Auskünfte über ihre Kunden geben könnten.

Ein Foto von einem Originalpäckchen würde in den kommenden Tagen in allen Zeitungen erscheinen mit dem Aufruf, sich zu melden, wenn jemanden etwas Ungewöhnliches an der Verpackung aufgefallen ist.

Bei Herrn Roland Kaufwedel war nur ein kleines Döschen mit dem vergifteten Schnupftabak gefunden worden. Somit war die Wahrscheinlichkeit groß, dass es noch weitere Opfer geben würde.

18. Kapitel

Sebastian Salzinger sah seiner Nachbarin grübelnd nach, die viel zu schnell den Feldweg Richtung Hauptstraße fuhr. Der Kleinwagen hoppelte rasant über die Schlaglöcher und hinterließ eine dicke Staubwolke. Er hatte Angst und Panik bei ihr gesehen. *Nur, weil der Wagen stecken geblieben war? Oder hatte sie ihn und Killer bei seinem wöchentlichen Training beobachtet? Was hatte sie gesagt, weshalb sie hier war? Pilze? Gab es in einem Sumpfgebiet wie diesem hier überhaupt Schwammerl?* Als jemand, der aus der Großstadt kam und Nahrungsmittel ausschließlich in Folie verschweißt aus dem Supermarkt bezog, konnte er diese Frage nicht beantworten. Aber soweit er wusste, gab es die Schwammerl doch erst immer später im Jahr zu kaufen, oder? *Also, was hatte sie hier gemacht? Ihm nachgeschnüffelt? Aber wieso?*

Killer lag schläfrig neben seinem Motorrad und öffnete träge seine Augen, als Sebastian den Seesack mit seiner Schutzausrüstung aufhob. „Auf geht's!" Killer sprang in den Beiwagen und Sebastian Salzinger ließ die Maschine an. Der Gedanke, dass seine Nachbarin gesehen haben könnte, wie er mit Killer trainierte, beunruhigte ihn. Dabei hatte er diese Wiese hinter der Murner Filzen, die von allen Seiten von Wald umgeben war, sorgfältig ausgesucht. Hier fühlte er sich vor neugierigen Blicken und unangenehmen Fragen sicher. Verdammt! Gerade in diesem Minikosmos einer Kleinstadt war es wichtig, nicht aufzufallen und keinen Anlass für neugierige Fragen und wilde Vermutungen zu geben! Aber vielleicht war Karin Müller ja doch nur zum Schwammerlsuchen gekommen und hatte ihren

Wagen bereits beim Einparken in den Sumpf gesetzt. Zuzutrauen wäre es ihr. Auch das Schwammerlsuchen im Juli könnte zu ihrem chaotischen Wesen passen. Oder?! Aber Sebastian Salzinger wäre nicht Sebastian Salzinger, wenn er dem Ganzen nicht auf den Grund gehen würde. Geschickt lenkte er das Motorrad über den Feldweg. Fehler konnte er sich nicht erlauben. Er würde sich mit seiner neuen Nachbarin intensiver beschäftigen müssen, um heraus zu bekommen, ob sie etwas gesehen hatte. Grimmig bog er auf die Hauptstraße ab und fuhr zu seinem Haus zurück.

***

Karin versuchte Florian zu erreichen, bekam ihn aber nicht ans Telefon. Also hinterließ sie ihm mit zittriger Stimme eine Nachricht, dass er sie unbedingt zurückrufen sollte. Anschließend lief sie durch das Haus und schloss Haus-, sowie Terrassentür sorgfältig ab. Was sie jetzt brauchte, war ein Entspannungsbad! Zuvor zerdrückte sie eine Avocado mit etwas Honig, die sie als Maske auf ihrem Gesicht verteilen wollte.

Kurz überlegte sie, das kleine Transistorradio mit hoch ins Bad zu nehmen, entschied sich jedoch dagegen, um in Ruhe nachdenken zu können.

Hätte sie das Radio mitgenommen, wäre es mit ihrer inneren Ruhe endgültig vorbei gewesen:

*„**Oberbayern**. Kein Durchbruch bei der Soko Schnupftabak. Wie berichtet, ist mit Drogen versetzter Schnupftabak in Umlauf gebracht worden, der bereits ein Todesopfer gefordert hat. Noch immer tappt die Kriminalpolizei völlig im Dunkeln. Eine interne Quelle hat preisgegeben, dass es sich bei den Drogen*

um ein Konzentrat aus den Inhaltsstoffen sogenann-
ter Schmerzpflaster und Blüten von Trompetenbäu-
men handelt. Seit Jahren ist ein Zuwachs von Toten
bei Süchtigen zu verzeichnen, die anstelle von Heroin
die Inhaltsstoffe von Schmerzpflastern extrahieren und
spritzen. Schmerzpflaster werden vor allem Schwerst-
kranken ohne Heilungschancen verabreicht, um die be-
grenzte Lebenszeit noch erträglich zu machen.
Die Soko Schnupftabak warnt ausdrücklich weiter-
hin vor dem Konsum von Schnupftabak unbekannter
Herkunft.
München …

***

Die Anderen in Karins neuer Nachbarschaft hörten dagegen alle den Radiobeitrag und jeder reagierte auf seine Weise.

Sebastian Salzinger fluchte, während er seinen Espressokocher füllte.

Herr Lohmeier sah in seinen Garten und bemerkte, dass sein Trompetenbäumchen wieder gegossen werden müsste.

Frau Zwiebel bündelte Kräuter aus ihrem Garten zum Trocknen.

Herr Zwiebel zögerte kurz, dann griff er zu seiner Schnupftabakdose und schnippte eine Prise auf seinen Handrücken.

Killer lag auf der Terrasse und wartete auf Streuner.

Und irgendwo in einem Keller in der stillen St.-Benedikt-Straße brodelte leise ein Bunsenbrenner vor sich hin.

19. Kapitel

Florians Stirn verzog sich in Sorgenfalten, nachdem er am nächsten Morgen, oder besser gesagt Mittag, das Telefonat mit Karin beendet hatte. Er war erst weit nach Mitternacht nach Hause gekommen und das Drama, das Karin ihm über ihren Ausflug in die Filzen berichtet hatte, überforderte ihn noch. *Das klingt nicht gut, dachte er,* während sich die Gedanken in seinem Gehirn darüber überschlugen, wie er seine beste Freundin aus so einer misslichen Lage befreien konnte. *Mit diesem wahnsinnig männlichen Typen reden? Aber zog er damit Karin nicht noch weiter in das Dilemma hinein? Aber wenn er Sebastian gleichzeitig bitten würde, Abstand von ihr zu halten, da sie gerade so eine schwere Zeit durchmachte? Das würde vielleicht gehen. War das Leben wieder kompliziert! Auf jeden Fall musste er den Salzinger zufällig treffen und unauffällig mit ihm ins Gespräch kommen.* Doch zuerst würde er Karin in ihrem neuen Zuhause aufsuchen. Seine Freundin brauchte unbedingt seelischen Beistand.

Auf dem Weg zum Flur betrachtete er entsetzt sein Spiegelbild. Müde Augen von dunklen Schatten umrandet blickten ihm entgegen. *Soviel Zeit muss sein,* sprach er laut vor sich her, während er umkehrte und die Treppe ins Obergeschoss nahm. *Was wäre die Welt ohne Abdeckstift!*

***

In der St.-Benedikt-Straße traten zufällig die Herren Salzinger und Zwiebel gleichzeitig aus ihren Reihenhäuschen. Herr Zwiebel, trotz des bereits sehr heißen Morgens mit Haferlschuhen, Wadelwärmern, Bundhose und kariertem Hemd unter seinem Janker sah aus, als ob er auf direktem Weg zum Trachtenumzug wäre, während Sebastian Salzinger in Shorts und ausgeleiertem T-Shirt all das verkörperte, was Herrn Zwiebel zusammenzucken ließ. Quo vadis, Bayern? Von ihm aus konnte die Welt global werden, wie sie wollte. Aber sein Bayern, *sein* Bayern doch nicht! Das war doch *seine* Heimat! Und doch sah er sie infiltriert durch lauter Zuagroaste, die sich weder um Brauchtum scherten noch die CSU wählten. Nach München fuhr er schon lange nicht mehr. Dieses babylonische Sprachengewirr in der Fußgängerzone hatte ihm das letzte Mal den Rest gegeben. Wie gut, dass es noch Bayern gab, die sich im Schmalzler e. V. engagierten. Die klare Worte zur aktuellen Lage der bayerischen Kultur aussprachen und denen es Wurscht war, wie sehr sie damit aneckten. Und dieser Spack von Nachbar hatte jetzt auch noch die Frechheit, grüßend die Hand zu heben! In Shorts, mit denen er wahrscheinlich gerade erst aus dem Bett gestiegen ist! *Net mit mir Freindarl, net mit mir!*

Während Sebastian Salzinger sinnierte, was wohl im Kopf seines Nachbarn vorging, bei gemeldeten dreißig Grad Celsius im Schatten derartig warm angezogen durch die Landschaft zu tigern, kam Florian an seinem Garten vorbei geschlendert.

„Wird ein heißer Tag heute, was?", rief er betont fröhlich zu Sebastian Salzinger hinüber. Dieser nickte und war in drei großen Schritten am Gartentor, um nach seiner Post zu sehen. Florian missverstand das als Aufforderung eines kleinen Tratsches und blieb stehen.

„Ja?!" Der Muskelpack war am Gartentor angekommen und einen halben Kopf größer als Florian, so dass Florian die durchtrainierten Muskeln an den Oberarmen direkt auf Augenhöhe hatte. *Handschellen* war eine Assoziation, die ihm völlig sinnfrei einfiel und er überlegte krampfhaft nach einem unverfänglichen Thema. „Äh ja, zum Schwimmen ist es fast schon zu heiß. Ich meine, wir haben hier viele Badeseen. Penzing zum Beispiel oder rund um den Chiemsee."

„Ach echt?"

Machte der Kerl sich etwa über ihn lustig? Na egal, jetzt nur nicht aufhören! „Moränenlandschaft. Noch aus der Eiszeit." Was rede ich hier eigentlich für einen Stuss und wie komme ich jetzt auf Karin?

Sebastian Salzingers Augen ruhten auf Florian. So einen intensiven Blick hatte er schon lange nicht mehr gespürt und das brachte ihn völlig aus dem Konzept. „Na, dann gehe ich jetzt mal ein Haus weiter. Karin braucht meine Hilfe. Sie ist etwas angeschlagen, wissen sie? Freund weg, Tante gestorben. Das kann einen schon mal umhauen, nicht?"

„Na, dann passen Sie mal gut auf ihre Freundin auf. Nicht, dass sie Dummheiten macht!" Sprach es, bückte sich zum im Pfosten eingelassenen Briefkasten und zog ein Werbeprospekt heraus. „Man sieht sich!"

Florians Mienenspiel schwankte zwischen „hoffentlich" und „oh weh, oh weh" während er sich aufmachte, bei Karin zu klingeln. Das war jetzt nicht ganz so gelaufen, wie er es sich vorgestellt hatte. *War das gerade eine versteckte Drohung gewesen, das mit ‚keine Dummheiten macht'?*

Karin begrüßte ihn, während sie triumphierend eine alte Kladde in der Hand hielt. „Das alte Rezeptbuch zur Herstellung von Bonbonmasse", strahlte sie ihn an. „Zumindest etwas!"

„Was hast du denn jetzt mit deinem Nachbarn vor",
fragte er, während er ihr in die Küche folgte. Dort herrschte
das blanke Chaos. „Was ist denn hier los?"

„Ich renoviere, wie du siehst. Morgen ist Tante Hildegards Beerdigung und ich kann einfach nicht stillsitzen.
Findest du es pietätlos, dass ich umräume, noch bevor sie
beerdigt ist?", Florian hob zu einer Erwiderung an, doch
Karin ließ ihn nicht ausreden, „aber es muss doch weitergehen, oder? Das hätte sie sich doch auch so gewünscht,
oder? Und von meinem Nachbarn halte ich Abstand, soweit ich kann. Warum unternimmt die Polizei auch nichts?
Ich verstehe das einfach nicht. Du hast doch den Brief eingeworfen, oder?"

„Aber sicher!"

„Bist du sicher, dass du den richtigen Briefkasten erwischt hast?"

Florian betrachtete intensiv das alte Milchkännchen,
das in der Spüle stand. „Für wie doof hältst du mich?"

„Entschuldige. Komm' hilf mir bitte die Schränke
auszuräumen. Ich will die Küche streichen und auch die
Arbeitsplatte auswechseln, damit ich die Bonbonmasse darauf ausstreichen kann."

„Ist dir wirklich ernst mit dem Bonbonladen?"

„Sagen wir mal, ich versuche erstmal, ob ich meine
Bonbons über Cafés und Geschäfte verkaufen kann und
falls das funktioniert, mache ich ein Praktikum in einem
Bonbonladen. In Dänemark gibt es hierfür sogar eine richtige Ausbildung. Aber vielleicht kann ich mir auch vieles
selbst aneignen. Die alten Rezepte mit den Mischungen
geben vielleicht noch den besonderen Kick. Immerhin gab
es früher ja nicht diese synthetischen Aromen, sondern es
wurde alles „Bio" hergestellt."

„Keine schlechte Idee!" Florian nickte zustimmend, „Bio geht immer. Und für Wasserburg wäre es schon ein echter Gewinn und ein Touristen-Highlight, wenn es einen richtig schönen Bonbonladen gäbe. Du musst nur sehr, sehr viele Bonbons und Lutscher verkaufen, um die Ladenmiete bezahlen zu können. Und in Wasserburg läuft es wie in vielen anderen kleinen Städten, der Einzelhandel im Ortskern steht kurz vor der Pleite und die großen Supermärkte und Verkaufsketten am Ortsrand sahnen ab."

***

Unbemerkt von Karin und Florian war Sebastian Salzinger samt Killer in die Berge gefahren. An der Seilbahn zur Kampenwand wartete er eine Weile, bis sich ein leger gekleideter Herr wie zufällig neben ihnen einreihte und gemeinsam die kleine Gondel bestieg. Erst als diese sich mit einem Ruck in Bewegung setzte, kamen sie ins Gespräch. Allerdings plauderten sie nicht über die Schönheit der Berge ringsum.

„Na Katzenkiller, wie schaut's?" Killer hob nicht einmal müde den Kopf. „Also, was gibt's?", wandte sich der Mann nun direkt an Sebastian. „Bist du aufgeflogen?"

„Ich glaube nicht. Aber eigenartig war es schon, als meine Nachbarin plötzlich im Moor auftauchte, wo ich mit Killer trainierte."

„Hat sie euch beobachtet?"

„Möglich wäre es."

„Hätte der Hund nicht reagiert, wenn er sie gesehen hätte?"

„Vielleicht, vielleicht auch nicht. Er kennt sie ja mittlerweile."

„Du auch?"

Sebastian Salzinger musste an ihre Begegnungen denken und vor allem an die langen Beine unter dem viel zu kurzen T-Shirt. Er grinste leicht. „Na, kennen ist wirklich zu viel gesagt."

„Aha. Der Womanizer hat wieder zugeschlagen, was?"

„Wohl eher nicht. Sollen wir abbrechen?"

Sein Sitznachbar blickte lange nachdenklich über die Tannenspitzen, die unter ihnen vorbeizogen. „Nein, vorläufig nicht. Behalte sie im Auge. Möglichst nah. Das wird für dich ja kein Problem sein, oder? Und wenn sie doch etwas ahnt oder herausfindet, dann können wir das Programm immer noch ändern."

Die Gondel näherte sich langsam der Station. „Halt mich auf dem Laufenden."

„Wie immer."

Dann schwiegen beide, die Gondeltür öffnete sich und beide traten heraus. Zwei Fremde, die den schönen Rundblick genießen wollten. Und die keine Schwierigkeiten gebrauchen konnten.

***

Abends beobachtete Sebastian Licht in Karins Küche. Die Vorhänge waren zugezogen und nur Schatten, die sich hin und her bewegten, waren erkennbar.

Gegenüber vermerkte Herr Lohmeier, dass Frau Zwiebel mit einem großen Krug die Straße überquerte und bei Karin Müller klingelte. Dort öffnete sich die Haustür.

„Guten Abend", setzte Frau Zwiebel an, „ich wollte mich entschuldigen, dass ich Letztens so kurz angebunden war und ihnen nun zur Einweihung ein kleines Geschenk vorbeibringen, einen Krug mit meiner selbstgemachten Zitronenlimonade."

„Ach was, das war doch gar nicht so schlimm", wiegelte Karin ab, „aber kommen sie doch herein. Es sieht nur ziemlich chaotisch aus", entschuldigte sie sich, während sie bei sich dachte, *damit du mal siehst, was wirklich unaufgeräumt ist.*

„Kann ich ihnen irgendwie helfen?"

„Nein, nein danke. Die Arbeit lenkt mich ab. Das war wirklich etwas viel für mich in letzter Zeit. Zuerst der Schock über den Tod meiner Tante und dann auch noch die Tatsache, dass ich sie bisher nicht beerdigen durfte, weil die Todesursache ungeklärt war." Dass zudem gerade noch ihre Beziehung in die Brüche gegangen war, verschwieg Karin ihrer Nachbarin.

Frau Zwiebel stellte ihren Krug auf dem Tisch ab. „Sie ist doch aber ganz friedlich eingeschlafen. Genauso hatte Hildegard es sich gewünscht."

„Bitte setzen sie sich doch", Karin schob einen Stapel alter Zeitungen von der Sitzbank zur Seite, „aber hätte ich nicht bei ihr sein sollen? Oder zumindest in der Nähe?"

„Ach Kindchen, ihre Tante war eine selbstbewusste Frau. Glauben sie nicht, dass sie etwas in dieser Richtung zu ihnen gesagt hätte, wenn es ihr Wunsch gewesen wäre? Ich habe sie als sehr freiheitsliebend kennengelernt und es wäre ihr ein Gräuel gewesen, auf andere angewiesen zu sein."

Karin nickte beklommen, während sie nach zwei sauberen Gläsern suchte. „Ich bin froh, wenn die Beerdigung morgen vorbei ist. Dann kann sie endlich in Frieden ruhen."

Frau Zwiebel füllte beide Becher voll. „Wissen sie schon, ob sie hierbleiben oder das Haus verkaufen möchten?"

„Verkaufen?", auf diesen Gedanken wäre Karin nie gekommen. „Das ist das letzte Stückchen Zuhause, das ich noch habe", sagte sie. „Niemals."

Ihre Nachbarin nickte und lenkte das Gespräch gefühlvoll auf ein anderes Thema: „Wenn Sie beim Aufräumen alte Bilder finden, die zeigen, wie das Haus gebaut wurde, könnte ich davon ein paar Abzüge machen? Das Stadtarchiv sucht Bildmaterial zur Entstehung der Siedlungen rund um den Stadtkern."

„Ach tatsächlich! Warten Sie einen Moment, ich hatte das Fotoalbum erst heute in der Hand", Karin sprang vom Stuhl und verschwand. In diesem Moment klingelte es an der Tür.

„Soll ich öffnen?", rief Frau Zwiebel ihr nach. Unverständliches Gemurmel aus der oberen Etage fasste sie als Zustimmung auf und ging zur Haustür, um zu öffnen. Vor ihr stand Nachbar Salzinger, den sie nichtsahnend hereinbat. Der junge Mann sah sich interessiert in dem Chaos, das sich ihm bot, um. In diesem Moment kam Karin mit einem alten Fotoalbum unterm Arm die Treppe herunter. „Hat da jemand geklin …", hob sie an und erstarrte auf der letzten Treppenstufe, als sie Sebastian Salzinger sah.

Frau Zwiebel fühlte sich bemüßigt, die Vorstellungsrunde einzuleiten. „Kennen Sie schon ihren Nachbarn, Herrn Salzinger, der ist auch erst vor kurzem hier eingezogen." Karin bekam einen knallroten Kopf, was ihre Nachbarin völlig falsch interpretierte. „Dann gehe ich jetzt mal. Wir sehen uns ja morgen auf der Beerdigung."

„Äh, nein, halt!", auf gar keinen Fall wollte Karin mit dem Typen allein im Haus sein. Sie sah sich bereits gemeuchelt auf den Küchenfließen liegen. Doch Frau Zwiebel hatte sich schon freundlich nach allen Seiten nickend auf den Rückweg gemacht.

Panisch sah Karin sich um, ob irgendwelche möglichen Mordwerkzeuge herumlagen, mit denen sie hinterrücks angegriffen werden könnte. *Wobei, der wäre doch schön blöd, sie jetzt kalt zu machen, nachdem Frau Zwiebel ihn hereingelassen hat,* schoss es kreuz und quer durch ihre Gedankengänge. „Was gib's?", fragte sie krächzend.

„Ich wollt' frag'n, ob sie vielleicht a paar alte Möbel verkaufn tatn", Muskelprotz sah sich um und wollte weiter in das Innere des Hauses vordringen. „Nein", mutig stellte sich Karin ihm in den Weg. „Bedaure!"

„Aber bevor's was zum Ramschhändler gebn", Karins Augen wurden zu Schlitzen, „i moan, zum Antiquitätenhändler, sagns vorher Bescheid. Vielleicht kemma mir ins Gschäft."

Ganz sicher nicht, dachte Karin, nickte aber zustimmend, „na klar." Sebastian Salzinger blieb stehen, Karin knapp vor ihm ebenfalls. Stille.

Worauf wartet der noch, dachte Karin.

Des wird heit nix, dachte Sebastian. „Also dann, habe die Ehre."

Sebastian tappte rückwärts Richtung Ausgang und stolperte prompt über eine Kiste, die sich entleerte. „Mei, des tuat ma aba jetzt leid", er beugte sich schnell herunter und nahm einen Packen Fotos in die Hand. Verblüfft sah er einige durch, bevor Karin sie ihm aus den Händen riss. „Warn sie da überall?" fragte er neugierig.

„Ja, und jetzt auf Wiedersehen.", sie öffnete die Haustür.

Endlich war ihr Nachbar verschwunden. Karin ließ sich zittern in der Küche nieder. Sie brauchte jetzt dringend etwas Stärkeres als Zitronenlimonade!

20. Kapitel

Karin stand mit vom Weinen verquollenen Augen am offenen Grab ihrer Tante. Dann drehte sie sich abrupt um und reichte die kleine Schaufel, mit der sie soeben etwas Erde auf den Sarg geworfen hatte, an Florian weiter.

Sie stellte sich an die Seite, um die Kondolenzbekundungen der Trauergemeinde entgegenzunehmen. Es rührte und erstaunte Karin, wie viele Menschen Abschied von ihrer Tante nahmen. Die Anonymität der Städte gab es hier noch nicht, vor allem unter den Alteingesessenen kannte man sich und wenn es nur ein kurzes „Grüß Gott" oder ein kleines Schwätzchen war, das ausgetauscht wurde. Und natürlich jede Menge Tratsch und Neuigkeiten.

Klara, ihre ehemalige Schulfreundin hatte sie am Abend vorher noch angerufen und wortreich entschuldigt, dass sie nicht an der Beerdigung teilnehmen konnte. Sie blickte in die Runde. Einige Gesichter kannte sie. Soeben warf die Fleischfachverkäuferin, die seit Jahr und Tag immer freundlich hinter der Metzgertheke bediente, eine Blume hinunter auf den Sarg. Dahinter reihte sich die Apothekerin und Herr Lohmeier, der sittenstrenge ehemalige Polizist. Und zu ihrem großen Schrecken entdeckte sie in der Menschenmenge auch den Glatzkopf ihres verbrecherischen Nachbarn.

„Mei herzliches Beileid!" Karin kramte in ihrer Erinnerung nach dem Namen der Fleischfachverkäuferin, die ihr gerade die Hand schüttelte. Doch noch bevor sie sich darauf konzentrieren konnte, stand schon Herr Lohmeier vor ihr und schlug seine Hacken zusammen. „Gute Person, die Frau Hildegard Müller, gute Person. Immer hilfsbereit.

Werden sie als Nachbarin sehr vermissen." Karin nickte, während sie vorsichtig versuchte, ihre Hand aus dem harten Handschlag ihres Nachbarn zu befreien. Herr Lohmeier, so schien es, wollte noch etwas sagen, überlegte es sich jedoch offensichtlich anders und trat zur Seite.

„Was für a schene Leich [(6)] *!"*, hilfesuchend schielte Karin zu Florian. *Wer ist das?* Doch die ältere Dame erwartete keine Antwort, sondern ging weiter.

„Nochmal, wenn Sie Hilfe brauchen", Frau Zwiebel blickte Karin offen ins Gesicht, „dann können Sie jederzeit zu mir kommen." Karin nickte benommen. Das klang nicht schlecht, neben diesem unverschämten Herrn Salzinger und dem strengen Herrn Lohmeier noch eine Nachbarin zu haben, die ihr warmherzig und hilfsbereit entgegenkam. Herr Zwiebel, der direkt hinter seiner Gattin ging, nahm dagegen das Hilfsangebot seiner Frau stirnrunzelnd zur Kenntnis. Herr Salzinger schloss auf und drückte ihr kurz wortlos die Hand.

Dann war die Beerdigung vorbei, bevor sich die Menschenmenge verlief, lud Karin die Anwesenden noch zum traditionellen Leichenschmaus in ein Restaurant in der Altstadt ein.

„Schätzchen, es tut mir so leid, aber ich muss los." Florian scharrte mit einem Fuß im Kies, „ich lasse dich jetzt wirklich nicht gerne allein."

„Das geht schon. Mach, dass du weiterkommst. Du brauchst den Job! Und ich bin ja nicht allein, gleich beginnt der Leichenschmaus. Was für ein Glück, dass Tante Hildegard noch alles für ihre Beerdigung festgelegt hatte, ich wäre da ziemlich überfordert gewesen."

Florian nahm sie statt einer Antwort kurz in die Arme. „Es wirkt alles so irreal", murmelte sie in sein schwarzes Hemd und Florian hielt sie einfach nur fest.

Die Tradition des Leichenschmauses hatte sie als Kind nie verstanden. Doch als sie die Ratsstube in dem traditionellen Gasthaus erreichte und das Stimmengemurmel der anwesenden Nachbarn und Freunde vernahm, wurde ihr erstmalig der Sinn dieses Brauchtums klar. Beim Essen wurden Geschichten und Erinnerungen ausgetauscht. Es war gleichzeitig Abschiednehmen und Aufbruch. Neben Frau Zwiebel war noch ein Platz frei, Karin setzte sich und lauschte den Geschichten über ihre Tante. Nie hätte sie geglaubt, sich einmal als Teil dieser Gemeinschaft zu sehen, doch mit dem Bekenntnis, das Haus nicht verkaufen zu wollen, war eine Verbindung gewachsen, von der sie selbst nicht wusste, wohin sie das führen würde.

Später ging Karin nochmal zum Grab ihrer Tante. Für sie würde es nun ein Ort der stillen Zwiesprache sein.

Zurück im Haus sah sie auf das Chaos, das sie selbst angerichtet hatte. Sie öffnete die Terrassentür. Streuner thronte wie eine Sphinx vor einem Maulwurfshügel und ignorierte sie, während er wohl darauf wartete, dass der Maulwurf sich sehen ließ. Karin wusste nicht, was sie an einem Tag wie diesen noch anstellen sollte. Unschlüssig ging sie in die Küche. Sie fühlte sich leer und ausgebrannt. *Bevor ich wie bescheuert auf und ab renne, kann ich genauso gut weiter machen,* dachte sie. Die Küche wollte sie komplett ausräumen, um die Wände neu zu streichen. Sie füllte Wäschekörbe mit Geschirr und Küchenutensilien und schob die schwere Last ächzend in das Wohnzimmer. Der große Esstisch war nicht zu bewegen, den würde sie abdecken, sobald es ans Streichen ging. Doch die Hängeschränke mussten von der Wand. Die brauchte sie nicht mehr. In einem Abstellraum stand noch eine alte Anrichte, die sie abbeizen und dann in die Küche stellen wollte. Zusammen mit der gelben Wandfarbe, die sie ausgesucht hatte und neuen, bunten Kissen für das alte Lümmelsofa in der anderen Ecke würde die Wohnküche noch gemütlicher werden. Für die Verarbeitung der Bonbonmasse brauchte sie leicht zu reinigende Arbeitsflächen, einen großen Emailkessel auf dem Gasofen und einen großen Haken an der gefliesten Wand, um die Bonbonmasse ziehen und den Sauerstoff einarbeiten zu können. Während Karin noch überlegte, woher sie die restliche Ausstattung, wie feuerfeste Handschuhe, Spachtel und diverse sonstige Kleinteile beziehen konnte, kletterte sie, mit einem Schraubenschlüssel bewaffnet, auf einen Küchenstuhl.

Selbst ist die Frau, Karin drehte die erste Schraube aus der Innenseite des Hängeschranks heraus. Sie drehte ihren Oberkörper nach rechts, um die Schraube abzulegen, während sie mit der linken Hand versuchte, den Hängeschrank zu halten, als ihr Blick zum Fenster glitt. Ihr Nachbar stand draußen auf der Treppe und sah zu ihr hinüber. Karin durchfuhr ein Schreck und sie kam ins Wanken. Mit ihr der Hängeschrank, der von der einen verbliebenen Schraube nicht mehr gehalten wurde und sich von der Wand löste.

Mit lautem Getöse fiel der Küchenstuhl samt Karin um, der Hängeschrank kam hinterher und traf ihren linken großen Zeh mit voller Wucht. Karin schrie auf, Tränen des Schmerzes rannen über ihre Wangen. Dann hörte sie Streuners Fauchen, Killers Kläffen und plötzlich stand Sebastian Salzinger in ihrer Küche. Ein kurzer Blick genügte ihm, um das Desaster zu erfassen.

Er packte den Hängeschrank und zog ihn von Karins Fuß hinunter. Sie fuchtelte mit der Hand, um ihn zu verscheuchen, zum Sprechen fehlte ihr vor lauter Schmerz noch die Luft.

„Mei, sagns halt was, wenn's Hilfe brauchn!"

Karin, immer noch bemüht, ihre Tränen zurück zu halten, keuchte.

„Wartn's i helf eana auf." Ohne auf Karins abwehrendes Gewedel zu achten, hob er sie hoch und trug sie auf das alte Lümmelsofa.

„Geht, geht schon wieder." Hatte sie chinesisch gesprochen? Ihr Nachbar griff nach einem Geschirrtuch, hielt es unter fließendes Wasser und kam zu ihr zurück ans Sofa. „Jetzt stellns earna net so o, her mit dem Zeh!" Er setzte sich neben sie auf das Sofa und fasste ihren Fuß behutsam an. „Jetzt kühlns erst amal", das kalte, nasse Geschirrtuch, tat Karins gepeinigten Zeh tatsächlich gut. „Ham's Eis da?" Doch Karin schüttelte verneinend den Kopf.

„Vielen Dank, ich glaube, den Rest schaffe ich auch allein." Doch Sebastian Salzinger dachte nicht daran, sofort wieder zu verschwinden.

„Der Hängeschrank is hi", verkündete er fachmännisch.

„Das macht nichts, den wollte ich sowieso entsorgen."

„Aha, den anderen a?"

„Jeep!" Wollte er ihr das alte Ding abkaufen? Doch ihr Nachbar hatte anderes im Sinn. Er stieg samt Schraubenzieher auf den Stuhl und begann zu schrauben. „Beim nächsten Mal lösen sie erst die Schraubn, so dass die immer no den Schrank hebn. Dann holns an Freind oder Nachbarn, der earna den Schrank hält, und dann erst drehn sie alle Schraubn ganz aussi." Kurz erschien sein Glatzkopf wieder aus dem Inneren des Hängeschranks und grinste sie an. „Sie kenna aba a glei mi fragen." Lässig hielt er den Hängeschrank mit der linken Hand hoch und stellte ihn sachte an. „No was?"

Karin schüttelte verneinend den Kopf.

„War'n Sie tatsächlich da überall? I moan die Fotos, die i gestern gsehn hob."

„Ja, Australien, Asien, Afrika. Nach meinem Abi habe ich mir Zeit genommen, andere Länder kennenzulernen."

„Ganz alloa?"

„Tatsächlich, ganz allein." Karin schloss müde die Augen. Das restliche Quäntchen Kraft für diesen Tag war verbraucht.

„Respekt." Sebastian Salzinger sah sie durchdringend an. „Ich geh dann jetzt amal. War sicher nicht leicht, heut, für Sie."

Als ihr Nachbar verschwunden war, schwankte Karin in ihr Bett.

Doch auch in ihrem Traum fand sie keine Ruhe. Sebastian Salzinger stand mit einem Blumenstrauß vor ihrer Tür, doch plötzlich verwandelte sich der Blumenstrauß in ein Bündel Haschischpflanzen und ihr Nachbar grinste sie diabolisch an. Sie wollte ihm die Tür vor der Nase zuschlagen, doch dann war Killer da und jagte sie davon. Sie lief und lief, doch Killer kam immer näher. Dann war sie plötzlich am Grab ihrer Tante, das Grab war noch geöffnet und sie überlegte, ob sie hineinspringen sollte, um sich vor Killer in Sicherheit zu bringen. Doch war es eine Falle? Wollte Killer sie dort hineintreiben und Sebastian Salzinger würde sie dann dort lebendig begraben?

Schweißgebadet wachte Karin auf. Sie zitterte am ganzen Körper und ein Blick auf den Wecker verriet, dass es fünf Uhr morgens war. An Schlaf wollte sie nicht mehr denken.

Um sich abzulenken, konnte sie ja zumindest schon einmal im Internet nachsehen, wo sie das Zubehör für ihre Bonbonproduktion herbekam.

Sie brühte sich eine Tasse Kaffee auf, schnappte sich ihren Laptop und brachte beides in ihr Bett. Und verlor sich in Anbietern von Essenzen, Duftstoffen und Kräutersortimenten. Als die Glocken der nahen St. Konrad-Kirche sieben Uhr schlugen, schickte sie ihre Bestellung ab.

Streuner sprang auf ihr Bett und machte sich an ihrem Fußende breit. Weiterhin beunruhigte sie der Traum, und die Erkenntnis, wie nah ihr Sebastian Salzinger gestern in der Küche gekommen war. Sie lehnte sich in ihr Kissen zurück und schloss ihre Augen.

21. Kapitel

Herr Lohmeier klingelte frustriert, um Einlass zur Polizeiwache zu erhalten. Seine gesamten Überwachungsbemühungen waren ergebnislos geblieben. Das Leben seines Nachbarn Sebastian Salzinger erschien einerseits greifbar aber anderseits auch unangreifbar. Seiner polizeilichen Erfahrung nach konnte der Mann daher durchaus ein ruhiger, rechtschaffener Bürger sein, oder aber halt auch das genaue Gegenteil.

Dass das Haus seiner verstorbenen Nachbarin Müller nicht mehr versiegelt war, erschwerte seine Ermittlungstätigkeit. Nur für einen Tag hätte er gerne seine illegal erworbenen Wanzen an verschiedene Fenstersimse des gegenüberliegenden Hauses angebracht, doch es ergab sich einfach keine Gelegenheit. Gespräche über den Gartenzaun wurden betont freundlich, aber nichtssagend gehalten. Angeblich arbeitete Herr Salzinger bei der Post im Schichtdienst, was, wenn er seine Notizbücher mit den Zeiten verglich, die sein Nachbar anwesend war, nicht stimmen konnte. Hier war sein erster Ansatzpunkt, denn ein Anruf bei der Postzentrale in München hatte ergeben, dass dort ein Sebastian Salzinger unbekannt war. Wobei die Mitarbeiterin am anderen Ende des Telefons ergänzend hinzufügte, Angaben zum Personal dürfte sie überhaupt nicht herausgeben und vielleicht wäre Herr Salzinger ja in einem anderen Dienststellenbereich auffindbar. Es blieb ihm daher nichts anderes übrig, als eine Personenabfrage in seiner alten Wirkungsstätte durchzuführen.

Polizeianwärterin Schenke betätigte den Summer. „Grüß Gott, Herr Lohmeier", misstrauisch beäugten sich beide, als die Polizeianwärterin den ehemaligen Kollegen eintreten ließ, „was können wir heute für Sie tun?"

„Ja mei!" Herr Lohmeier ließ seinen Blick durch den Empfangsraum streifen, an dem vor einem Tresen das Volk sein Begehren dem diensthabenden Polizeibeamten mitteilen konnte. Doch heute war der Raum bis auf Frau Schwenke leer, was Herrn Lohmeier sehr zupass kam.

„Ja mei", wiederholte er und senkte vertrauensvoll sein Haupt Richtung Sabine Schwenke, „ich hätte da ein Anliegen. Ein sehr Diskretes!"

Jetzt wurde Polizeianwärterin Schwenke aufmerksam. Ebenso Herr Kriminalhauptkommissar Habicht, der just in diesem Moment den langen Flur im Innenbereich der Polizeiwache entlang ging und die Tür zum Empfangsbereich passieren wollte. Abrupt blieb er stehen, um besser lauschen zu können.

Herr Lohmeier fingerte zögerlich ein Stückchen Papier aus seiner Jackentasche. „Könntest vielleicht hier eine kleine Personenabfrage für mich machen?" Polizeianwärterin Schwenke nahm verblüfft das Zettelchen in die Hand, bevor sie jedoch zu einer Erwiderung ansetzen konnte, kam auch schon Kriminalhauptkommissar Habicht in den Vorraum geschossen. „Nix da! Ja, wo samma denn! Das ist doch wirklich das Letzte, dass du jetzt noch versuchst, eine junge Kollegin für deine Privatobservierungen zu missbrauchen. Du weißt genau, dass sie nicht einfach grundlos Personenabfragen veranlassen darf und du weißt auch, dass du schon so was von überhaupt nicht befugt bist, auch nur so eine Anfrage zu stellen."

„Aber", weiter kam Lohmeier nicht, denn Habicht war jetzt vollends in Fahrt gekommen. „Hat wieder einer deiner Nachbarn falsch geparkt? Oder ein Radieserl aus deinem Garten gestohlen, oder …?"

„Mein Nachbar …", versuchte Lohmeier ihm ins Wort zu fallen, kam aber nicht weiter. „Ah, dein Nachbar! Ja so was? Was ist denn mit dem? Ist er ein gefährlicher Hehler? Oder Mafiaboss? Ich denke, du schleichst dich jetzt, bevor ich vollends meine Contenance verlier. Bitt' schön, da ist die Tür!"

Lohmeier war sprachlos. Noch nie hatte jemand während seiner Dienstzeit oder danach so mit ihm gesprochen. Wortlos drehte er sich um und verließ die Polizeidienststelle. Immer noch starr vor Schreck ließ er sich auf eine Bank des kleinen Grünsteifens seitlich des alten Salzstadels nieder. „Na so was", flüsterte er fassungslos, „na so was."

In Inneren der Dienststelle war Habichts Wut noch nicht verraucht. „Lass dich bloß nicht auf den Lohmeier ein!", fuhr er seine junge Untergebene an, „das gibt nur ein Unglück!"

Sabine Schwenke nickte zaghaft, noch immer den Zettel in der Hand, den sie nun zerknüllte und in einen naheliegenden Papierkorb beförderte.

„Weißt du, warum der Lohmeier frühpensioniert wurde?", allmählich kühlte der Hauptkommissar wieder auf Betriebstemperatur herunter.

„Wegen seiner Frau", die junge Polizeianwärterin schluckte kurz, „die ist doch an Krebs erkrankt und der Herr Lohmeier hat sie gepflegt."

„Auch deswegen. Aber damit war er nur einem internen Disziplinarverfahren zuvorgekommen."

Sabine Schwenkes Augen weiteten sich. Der ehemalige Polizist Lohmeier war ihr als der Inbegriff eines korrekten Beamten erschienen.

„Schau", hob Herr Habicht an, „der Beruf macht alles Mögliche aus uns. Der eine kommt gut damit zurecht, dass Verbrechen nicht aufgeklärt werden können oder Verbrecher ihrer gerechten Strafe so gut wie entgehen. Aber dem Lohmeier ist das zunehmend schwerer gefallen. Der hat immer mehr in Frage gestellt, was gesetzliche Gerechtigkeit bedeutet und ist in seinen Ansichten immer radikaler geworden."

Seine Kollegin hörte das zum ersten Mal. „Und dann?"

„Da gab's einen Vorfall. Weißt du warum wir hier keine Sekretärin haben?"

„Die ist dauerkrankgeschrieben."

„Weißt auch, warum?"

„Nein?", den Sekretärinnen freien Zustand gab es schon, seit sie Dienst in Wasserburg tat und sie hatte sich nie Gedanken darüber gemacht.

„Da ist uns wieder einer durch die Lappen gegangen, weil die Staatsanwaltschaft die Telefonüberwachung nicht genehmigt hatte. Das war zumindest in Lohmeiers Darstellung der Grund. Gerade als er sich vor Wut darüber echauffieren wollte, kam Pauline Kaltner, die Sekretärin, mit dazu und schnauzte Lohmeier an, sie hätte ihm schon so oft gesagt, dass sie die Akten nicht einscannen könne, wenn mittendrin in den Unterlagen plötzlich zweiseitig beschriebene Blätter und Klebezettel stecken würden."

Jetzt musste die junge Polizeianwärterin grinsen. Zu dem Thema gab es lange Memos und Verfahrensanweisungen, doch das Problem blieb ein Zankapfel, zwischen gewissenhafter Archivierung und überarbeiteten Polizeibeamten, die sich um solche Kinkerlitzchen nicht auch noch kümmern wollten. „Und dann?"

„Nun inmitten dieser angespannten Situation, als Lohmeier schon kurz vorm Kollaps stand, kam die Kaltnerin und brachte das Fass zum Überlaufen."

„Und dann?"

„Dann griff Lohmeier zur Fliegenklatsche, die dummerweise direkt neben ihm am Fenstersims lag und ging damit auf Frau Kaltner los."

„Was?" Sabine Schwenke konnte jetzt kaum noch ihre Belustigung unterdrücken. „Mit der Fliegenklatsche?! Wo haben wir denn hier eine Fliegenklatsche?"

„Jetzt nimmer!", Herr Habicht konnte an der Erheiterung nicht teilnehmen. Zumindest nicht öffentlich vor einer Untergebenen.

„Und die Sekretärin, hat die was abgekriegt?"

„Wie man's nimmt. Hat sich seitdem krankgemeldet und den Freistaat Bayern verklagt. Herrn Lohmeier haben wir mit Burn Out nach Hause geschickt, damit er seine Rentenansprüche nicht verliert. Aber sei so gut und behalte das für dich und halte dich vor allem vom Lohmeier fern!"

Die Polizeianwärterin nickte. Doch als ihr Vorgesetzter sich umdrehte und den Raum verließ, bückte sie sich und fischte den zerknüllten Zettel aus dem Papierkorb. „Sebastian Salzinger, St.- Benedikt-Straße 60", las sie und prägte sich die Informationen ein. Dann versenkte sie den Zettel wieder im Papierkorb.

***

Auch Frau Zwiebel war mit ihren Heimlichkeiten beschäftigt. Solange ihr Göttergatte außer Haus war, nutzte sie jede Gelegenheit, um Unterlagen durchzusehen und Aktiva und Passiva in eine geheime Liste einzutragen.

Wie das Ehepaar den Garten nach Männlein und Weiblein aufgeteilt hatte, so war dies ebenfalls mit zwei Kellerräumen geschehen. Irgendwann hatte es sich so ergeben, dass es zwei Refugien gab, auf die der jeweils andere keinen Zugriff hatte. *Irgendwie lächerlich, wie sich zwei Erwachsene so verhalten können,* dachte Gertrud Zwiebel zum hundertsten Mal, aber so ist es nun einmal. Begonnen hatte es vor vielen Jahren, als sie einem Besucherkind die Eisenbahnlandschaft ihres Mannes gezeigt hatte, als er nicht anwesend war. Das Telefon klingelte und während des kurzen Gesprächs hatte der Bub die Eisenbahnlandschaft etwas umgebaut, was zu einem Tobsuchtsanfall seitens des Göttergatten geführt hatte. Seitdem schloss er „seinen" Keller ab und bewahrte den Schlüssel an einem geheimen Ort auf. Nur, um ihren Mann die Absurdität vor Augen zu führen, erklärte sie daraufhin den ehemaligen Speisekeller zu ihrem Refugium, mit dem Hinweis, sie benötige ihn zur Vorbereitung ihrer Experimente für ihre Unterrichtsstunden und ein Betreten seitens Unbefugter sei zu gefährlich. Doch Herr Zwiebel zuckte nicht wie erwartet amüsiert mit den Mundwinkeln sondern nickte nur zustimmend. Daraufhin konnte sie schlecht zurückrudern und schloss nun ihrerseits den alten Speisekeller ab. Mittlerweile war sie äußerst zufrieden mit dieser Vorgehensweise, konnte sie so doch das eine oder andere Geheimnis besser aufbewahren.

Auch schlief das Ehepaar schon seit Jahren getrennt. Frau Zwiebel betrat das Schlafzimmer ihres Mannes im ersten Stock, welches er gleichfalls als Einsatzzentrale seines „Schmalzler e. V." ansah. Hier allerdings konnte sie sich aufhalten, ohne den Unwillen ihres Mannes auf sich zu ziehen. Immerhin musste hier ja auch gesaugt und abgestaubt werden. Eine Tätigkeit, die der traditionell denkende Herr Zwiebel ausschließlich dem weiblichen Geschlecht zusprach. Doch heute war Frau Zwiebel nicht nach Putzen zumute. Sie öffnete vorsichtig die Schublade des alten Schreibtisches und griff nach einer Mappe. Ein Blatt fiel heraus. Frau Zwiebel hob es auf und begann erstaunt zu lesen.

„... Wir bedauern sehr, Sie, Herrn Dieter Zwiebel, von dem verantwortungsvollen Posten des Kassenwarts des Schmalzler e. V. abziehen zu müssen. Wie es in unseren Statuten klar definiert ist, müssen unsere Mitglieder einen untadeligen Leumund aufweisen und sich gemäß unseren Statuten das volle Vertrauen unseres Vorstands versichern. Leider ist in der letzten, unangekündigten, Kassenprüfung ein Minus von 0,53 € festgestellt worden. Hieraus ergibt sich ein eklatanter Vertrauensverlust. Auch ihr Vorschlag, den Differenzbetrag aus eigener Tasche zu begleichen, kann der Vorstand nach einer außerordentlichen Vorstandssitzung vom 15. Mai d. J. nicht nachkommen ...“

Frau Zwiebel zog erstaunt die Augenbrauen nach oben und griff nach dem Antwortschreiben ihres Mannes.

„... Ich kann von dem Minus in der Kasse nur von einem schmählichen Anschlag auf meine Integrität ausgehen ...“, las sie und weiter im unteren Drittel verfestigte ihr Mann noch den Mobbingverdacht, „... interessant ist es doch, dass mein Nachfolger als Kassenwart ein CSU-Parteibuch innehat und in der kommenden Landtagswahl als Abgeordneter in den Landtag gewählt werden will. Hier sehe ich ein politisch motiviertes Mobbing-Indiz, mich aus dem Schmalzler e. V. zu drängen, um einen Lobbyisten unserer Sache Honig ums Maul zu schmieren und einen Fuß in die Politik zu bekommen. Da kann ein altgedientes Mitglied des Schmalzler e. V. natürlich nicht mithalten …"

Frau Zwiebel verdrehte die Augen und schob die Unterlagen wieder zurück in die Schublade. „Na diese Probleme möchte ich einmal haben", sagte sie laut vor sich hin.

***

Karins großer Zeh war blau angelaufen und tat immer noch weh. So traf Florian auf seine humpelnde Freundin, die ihm wortreich den Verlauf des gestrigen Abends schilderte.

„Moment, ich muss noch einmal los", war Florians Antwort, als Karin geendet hatte. Eine halbe Stunde später war er schwer bepackt zurück.

„Was wird das?"

„Ich zeige dir, wie du dich in eine alte Frau verwandeln kannst. So, dass dich Mr. Body nicht wiedererkennt. Immerhin hast du es so vermasselt – entschuldige bitte", Florian reagierte auf Karins entrüstete Gesicht mit erhobenem Zeigefinger, „ist doch wahr, oder? Du hast es so vermasselt, dass Mr. Body mittlerweile schon deinen dicken großen Zeh besser kennt als ich. Ohne Verkleidung kannst du ihn nun nicht mehr unauffällig beschatten."

„Ich will ihn überhaupt nicht mehr beschatten!"

„Hallooo, wo ist dein Verantwortungsgefühl geblieben? Ich denke, er ist ein Drogendealer, der dingfest gemacht werden muss." Florian öffnete seinen großen Utensilienkoffer, „binde dir doch bitte deine Haare nach hinten, jetzt bekommst du erst einmal eine richtig schöne, ungesunde Hautfarbe."

Bevor Karin antworten konnte, hatte sie schon ein Schwämmchen im Gesicht, das die Abdeckfarbe flächendeckend verteilte. „Oder findest du ihn mittlerweile toll und willst mit ihm durchbrennen, als Bonnie und Clyde?"

„Was für ein Schmarrn", nuschelte Karin und war froh, dass die Abdeckcreme verhinderte, dass Florian sah, wie ihre Gesichtsfarbe einen deutlichen Rotton annahm.

***

In der Mittagspause lag die Polizeiwache Wasserburg fast wie ausgestorben da. Polizeianwärterin Schwenke langweilte sich etwas. Sie drehte eine Runde durchs Gebäude und goss die Pflanzen. Dann holte sie sich einen Kaffee und sah durch die Scheibe im Empfangsraum, dass keiner im Warteraum saß. Auf den Papierkorb mit dem zerknüllten Zettel fiel ein Lichtstrahl. Fast so, als wollte der Himmel ihr etwas zeigen.

Es stimmte schon, dass Personenabfragen aus Jux und Tollerei nicht erlaubt waren. Aber wenn ein alter Fuchs, wie der Lohmeier, einen Verdacht gegen jemanden hegte, das war schon interessant. Irgendwie. Einfach mal so aus Lehrzwecken. Um zu sehen, ob nicht vielleicht doch was dran war. Und um die Polizeiwache zu schützen, falls doch was dran ist und Lohmeier zu Unrecht weggeschickt worden war. Immerhin gab es Befangenheit und Vorurteile gegen den ehemaligen Polizisten, die aus gegebenen vergangenen Anlässen durchaus verständlich sind. Aber sie hatte als Außenstehende vielleicht hier noch einen klareren, unbefangeneren Blick. Sabine Schwenke vergewisserte sich kurz, dass sich kein Kollege in ihrem Dunstkreis befand und tippte die Daten des Sebastian Salzinger in das Personenabfragesystem ein. Sie fand nichts. Was sie allerdings nicht ahnen konnte, ihre Anfrage löste einen stillen Alarm beim BKA aus und im Gegensatz zu Sabine Schwenke, die sich gemütlich im Bürostuhl zurücklehnte, kam beim BKA Wiesbaden plötzlich hektische Betriebsamkeit auf.

***

Karin war tatsächlich nicht mehr wiederzuerkennen. Sie drehte und wendete sich vor dem großen Spiegel und bestaunte sich. In dem alten Sommerkleid von Tante Hildegard sah sie tatsächlich wie ein altes Mütterlein aus.

„Du musst dich viel steifer bewegen", Florian war mit seinem Ergebnis sehr zufrieden, „stell' dir vor, du hast Probleme mit den Knien und mit der Hüfte!" Karin versuchte es. „Schon viel besser! Und jetzt fährst du irgendwo hin, wo dich keiner kennt und du in einer Menschenmenge üben kannst!"

„Was?!"

„Natürlich. Glaubst du, ich habe mir hier die Mühe gemacht, damit du es gleich wieder abschminkst? Nicht mit mir, meine Liebe! Nicht mit mir!"

„Aber …"

„Los, schwing dich ins Auto und ab die Post!"

„Du bist doch total verrückt, so gehe ich doch nicht raus!" Karin drehte sich vor dem großen Ganzkörperspiegel einige Male hin und her. „Aber dein Schminkergebnis ist wirklich umwerfend! Ich verstehe überhaupt nicht, weshalb du keinen festen Job hast!"

Florian gab keine Antwort, sondern sah sie leicht schmollend an. Seufzend ging Karin zum Fenster und deutete hinaus. „Siehst du, die halbe Nachbarschaft ist vor der Tür. Was, wenn mich doch einer erkennt und sich dann fragt, ob ich völlig übergeschnappt bin? Eine Maskerade und das so kurz nach Tante Hildegards Tod. Meinst du nicht, das käme ziemlich komisch an?"

Florian brummte und es klang schon etwas versöhnlicher, als er antwortete, „na gut. Aber das behalten wir in der Hinterhand, Miss Marple. Falls du doch einmal *the Body* inkognito oberservieren musst."

„Versprochen! Und was machen wir jetzt? Ich möchte im Moment noch nicht die Kleidung von Tante Hildegard für die Caritas heraussuchen. Und das Renovieren der Küche verschiebe ich auf morgen. Was hältst du von einer Runde Gartenarbeit?"

Florians Gesicht sprach Bände und eindeutig nicht für Gartenarbeit. „Äh, ich glaube, ich muss dann mal wieder." Während sich Karin die Falten und roten Äderchen aus dem Gesicht schminkte, packte er seine Tiegelchen, Stifte und Pinsel wieder in seinen großen Koffer und verabschiedete sich schnell.

22. Kapitel

Karin riss sich die verschwitzte Kleidung von ihrem Körper und stellte die Wassertemperatur in der Dusche kühler. Die Idee, in der Verkleidung einer alten Frau ihrem Nachbarn hinterher zu spionieren, spukte immer noch in ihrem Kopf herum. Die einzige Schwierigkeit war, wie sie aus dem Haus und wieder zurückkommen konnte, ohne dass auffiel, dass hier eine alte Dame ein- und ausspazierte und auch noch Karins Auto fuhr. Hier musste sie sich noch eine entsprechende Vita für ihr Alter Ego überlegen und dann …? Sollte sie ihrem Nachbarn weiter hinterher schnüffeln?

Mittlerweile stand sie unter der Dusche und genoss das kühle Nass auf ihrer Haut. Wohlig griff sie zum Duschgel und seifte sich ein. Da klingelte es an der Haustür. Mist! Wer konnte das sein? Florian war doch schon wieder unterwegs zu seinem Theaterfestival?

„Moment", schrie sie, was wenig hilfreich war, denn das Badezimmerfenster ging zum Garten hinaus. Sie stolperte aus der Wanne und schlug sich ihre bereits demolierte große Zeh am Wannenrand an. Japste nach Luft, kam ins Rutschen und konnte sich gerade noch am Waschbeckenrand festhalten. Glücklicherweise hielt die Wandverankerung. Sie schnappte sich ein Handtuch, schlang es um ihren Körper und humpelte zum Flurfenster. Dort sah sie gerade noch, wie ein Paketlieferant das Grundstück von Sebastian Salzinger verließ, ihr einen Zettel in den Briefkasten warf und anschließend mit seinem Paketwagen verschwand.

Mist, Mist, Mist! Natürlich, das Paket! Das Zubehör für ihre erste Bonbonherstellung. Wieso konnten diese Paketboten auch nie auch nur einen Moment warten? Erbost humpelte Karin zurück ins Bad. Sie streifte sich kurz eine Shorts und ein T-Shirt über und wollte die unangenehme Pflicht, ihren Einkauf beim Nachbarn abzuholen, schnell hinter sich bringen.

Währenddessen starrte Sebastian Salzinger auf das sperrige Teil in seinem Flur. „Jetzt nehmen wir schon Pakete für Nachbarn an", der muskulöse Mann streichelte seinem Schäferhund kurz zwischen die Ohren, „so weit ist es schon gekommen." Killer sah ihn schwanzwedelnd an. „Aber diesmal muss unsere fesche Nachbarin zu uns kommen, was?" Währenddessen betrachtete er interessiert den Absender des Pakets. „Aha, aus dem Ausland. Schauen wir doch mal, was der so alles vertreibt, oder?" Er zückte sein Handy und wollte gerade seiner alten Gewohnheit nachkommen, so viele Informationen wie möglich über mögliche Gegenspieler sammeln und ein Foto vom Absender machen, als es an seiner Haustür klingelte. Er sah kurz auf, schoss noch seine Fotos, dann richtete er sich auf und öffnete die Tür. Was er sah gefiel ihm.

Seine Nachbarin stand mit tropfenden Haaren vor ihm. Wie er messerscharf kombinierte, kam sie wohl gerade aus der Dusche und hatte deshalb dem Paketboten nicht schnell genug die Tür öffnen können. Ihr T-Shirt klebte feucht auf ihrem Oberkörper und brachte ihre Rundungen vorteilhaft zu Geltung. Um es höflich auszudrücken. Sebastian Salzingers Phantasien drifteten für einen kurzen Moment ab. Ihr Gesichtsausdruck brachte ihn jedoch schnell in die Gegenwart zurück, denn seine Nachbarin sah aus, als hätte sie in eine Zitrone gebissen.

„Grüß Gott, Sie haben ein Paket für mich angenommen?"

„Ja." Er sah ihr tief in die Augen. Karin blinzelte irritiert.

„Ham's earna die Dessous jetzt scho bestellt? Wir wolltn die doch gemeinsam kaufn gehen, oder?"

Die Reaktion war umwerfend. Karin starrte ihn mit leicht geöffnetem Mund sprachlos an.

„Da hab i mi jetzt so drauf gfreit", schob er tiefernst nach. „I hab für Sie sogar scho a Vorauswahl troffn." Zu seinem großen Vergnügen, hatte seine Nachbarin immer noch nicht ihre Stimme wiedergefunden. „So a rota String-Tanga", ergänzte er, während er ihr weiterhin tief in die Augen sah.

Karin holte tief, tief Luft. „Mein Paket", presste sie zwischen den Zähnen hervor. Sie war kurz davor, die Fassung zu verlieren und dem Rüpel einmal zu erzählen, was sie von ihm wusste und von ihm hielt. Nur die Angst vor den möglichen Folgen hielt sie davon ab.

Sebastian Salzinger sah ein, dass er vielleicht etwas zu weit gegangen war. *So kann ich kein Vertrauen zu ihr aufbauen,* dachte er, *dass sie aber auch überhaupt keinen Spaß versteht!* Er drehte sich um und holte das Paket. „Wie geht's denn ihrem Zeh?", versuchte er sie nun auf unvermintes Terrain zu locken.

„Danke!", war alles, was gepresst aus Karin herauskam. Dann nahm sie das Paket in Empfang und wäre fast umgefallen, so schwer war es. Was hatte sie denn alles bestellt? Stimmt, da war ja auch noch der schwere, gusseiserne Kessel zum Erhitzen der Zuckermasse mit drin.

„Moment!", Sebastian Salzinger kam einen Schritt auf sie zu und nahm ihr wieder das Paket aus der Hand, als ob dieses nichts wiegen würde. „Da muss wohl a starka Mann her, was?" Und als Karin nicht reagierte, „Gemma?". Einträchtig gingen sie nebeneinander her. „Wohin?", fragte er nachdem sie das Haus betreten hatten, schob sich aber an ihr vorbei, ohne eine Antwort abzuwarten, und stellte das Paket in der Küche ab. „Geht's voran?", fragte er und sah sich um. Karin hatte mittlerweile die Löcher in der Wand verspachtelt und den Raum gelb angestrichen. Freundlich sah es aus. Seine Nachbarin wusste nicht recht, was sie sagen oder tun sollte. Jetzt war dieser Mistkerl schon wieder in ihrer Küche.

„Mei, hab' i an Durscht!", seufzte er jetzt auch noch dramatisch.

„Tut mir leid, aber ich habe weder Bier noch Schnaps im Haus", versuchte Karin abzuwiegeln.

„Des macht nix, i trink koan Alkohol. A Wasser tats a."

Jetzt war sie verblüfft. Sie hatte sich eher vorgestellt, er würde bereits morgens eine Pulle Bier öffnen und in sich hineinkippen. Obwohl, noch nie hatte er auf sie alkoholisiert gewirkt, das stimmte schon. Auch nicht irgendwie zugekifft. Eine neue Erkenntnis. Drogendealer rührten das Zeug, das sie vertickten, selbst nicht an. War wahrscheinlich auch besser so. Zumal, wenn es so gefährlich war, dass es bereits einen Toten gegeben hatte. Karin suchte nach einem sauberen Glas und füllte es mit Leitungswasser, das sie ihm reichte.

„San's sicher, dass Sie koa Hilfe beim Renovieren brauchn?", versuchte er es nochmal. Karin schüttelte vehement verneinend ihren Kopf. *Zefix,* er hatte doch sonst keine Probleme, mit Frauen anzubandeln, aber hier biss er auf Granit. Was die Sache irgendwie noch interessanter machte.

„Nein, wirklich nicht. Vielen Dank. Auch für das Tragen heute.", sie blickte kurz aus dem Fenster. „Oh, Sie haben ja ihre Haustür offenstehen lassen", sagte sie. Sebastian Salzinger sah ebenfalls kurz aus dem Küchenfenster. Von der anderen Straßenseite nahte Herr Lohmeier.

Der will doch nicht einfach bei mir reinmarschieren? Was geht denn hier ab? Er drückte Karin das noch halbvolle Glas in die Hand und verließ eilig ihr Haus. Sie atmete auf und fragte sich zum x-ten Mal, weshalb sie sich so von ihrem Nachbarn provozieren ließ. Dann beobachtete sie interessiert, wie Muskelprotz auf Herrn Lohmeier stieß und diesen gerade davon abhielt, ungebeten das Nachbarhaus zu betreten. Sie hörte Gesprächsfetzen, in denen der ehemalige Polizist etwas nuschelte, dass er sich Sorgen gemacht hätte, weil die Tür offen gestanden hätte. Einbrecher und solches Gesindel. Ob er nicht vorsichtshalber reinkommen und überprüfen sollte, dass alles seine Ordnung hatte. Die Antwort konnte Karin nicht verstehen, doch die Körpersprache von Sebastian Salzinger sprach Bände. Herr Lohmeier schlich von dannen.

Sie fühlte sich erschöpft. Heute würde sie nichts mehr machen. Kein Renovieren des Hauses, kein Auspacken des Pakets. Morgen würde sie einen Testversuch zur Herstellung ihrer ersten Bonbons unternehmen. Sie goss sich ein Glas Rotwein ein und ihre Gedanken sprangen wieder zu ihrem Nachbarn. *Überhaupt keinen Alkohol?*, wunderte sie sich abermals. Sie griff nach der alten Kladde mit den Rezepten zur Herstellung diverser Zuckerbäckereien. *Ob er auch keine Süßigkeiten isst?,* dachte sie, während sie auf die Rezepte starrte, ohne sie durchzulesen.

Streuner strich um ihre Beine. Karin nahm ihn auf den Schoß und vergrub ihr Gesicht in seinem warmen schwarzen Fell.

23. Kapitel

„SCHWENKE!", die Stimme des Kriminalhauptkommissars Habicht donnerte durch die Polizeidienststelle Wasserburg. Den Telefonhörer hielt er noch erhoben in der Hand, denn soeben hatte er ein aufschlussreiches Telefonat mit einem Mitarbeiter des Bundeskriminalamts beendet. Sein Kopf war puterrot angelaufen. „SCHWENKE!"

Sabine Schwenke, Polizeianwärterin, fuhr jedoch gerade Streife und würde das auch noch ein Weilchen tun. Sie hatte gerade eine kurze WhatsApp ihres Kollegen aus dem Innendienst erhalten, dass es wohl besser wäre, Herrn Kriminalkommissar Habicht erst ein Weilchen ausdampfen zu lassen.

***

Die Küche strahlte eine neue Gemütlichkeit aus, Karin war mit der Renovierung des Raumes fertig. Es war ihr klar, dass die Arbeitsflächen sicherlich nicht den Vorschriften für die kommerzielle Herstellung einer Bonbonproduktion entsprachen, doch zum Üben und zur Herstellung von Probeprodukten, die sie in der Stadt in Cafés und Geschäften anbieten würde, reichte es allemal.

Sie hatte die alte Walze aus dem Keller in die Küche gehievt. Zuerst packte sie jedoch das große Paket aus. Ein großer Kupferkessel, ein Zuckerhaken samt Wandbefestigung, ein Zuckerthermometer, eine große Silikonmatte, ein feuerfester Spachtel und feuerfeste Handschuhe kamen nach und nach auf den großen Küchentisch. Dann entfaltete Karin die beiliegende Rechnung und verfiel kurzzeitig in Schnappatmung. *Egal,* versuchte sie sich zu beruhigen, *das ist eine Investition in die Zukunft. Dann mal ran an die Fleischpflanzerl, würde jetzt Tante Hildegard sagen.* Sie hievte den Kupferkessel zur Spüle und reinigte ihn gründlich, bevor sie ihn auf den großen Gasherd stellte. In feierlicher Stimmung kippte sie den Zucker in den Kessel, schaltete den Herd ein und legte das Zuckerthermometer auf die Seite. Die Masse musste auf über 160°C erhitzt werden, da war Vorsicht geboten. In der Zwischenzeit bereitete sie die Silikonmatte aus, auf die die flüssige Zuckermasse gekippt und verteilt werden musste und stellte Zitronensäure, Glukosesirup und ein Fläschchen mit Erdbeeraroma daneben. Sollte sie tatsächlich professionell in die Bonbonherstellung einsteigen, würde sie die Aromen selbst herstellen.

Tief in Gedanken versunken klingelte ihr Handy. Es war Klara.

„Servus, Karin. Ich bitte nochmal um Entschuldigung, dass ich nicht zur Beerdigung kommen konnte. Es tut mir wirklich leid, aber mir ist eine Bedienung kurzfristig krank geworden und ich konnte das Café nicht so einfach schließen."

„Aber das ist schon in Ordnung."

„War es sehr schlimm für dich?"

Karin schluckte. „Ja und es ist es immer noch. Ich renoviere zwar das Haus, aber irgendwie habe ich immer noch den Eindruck, als wäre das nicht ganz in Ordnung. Und ich frage meine Tante im Stillen, ob es ihr Recht ist, wenn ich zum Beispiel die Küche gelb streiche. Blöd, oder?"

„Nein, überhaupt nicht. Und wer weiß schon, ob sie nicht doch ganz nah neben dir steht."

Karin warf einen kurzen Blick in den Kupferkessel, langsam verflüssigte sich der Zucker. Das würde wohl noch etwas dauern.

„Ich wollte dich eigentlich zu einer Bergtour verführen", Klara war eine begeisterte Bergsteigerin, „die klare Luft bringt dich auf andere Gedanken. Und du musst deine alte-neue Heimat ja wieder kennenlernen."

„Ach weißt du, die Idee ist nicht schlecht, aber ich probiere gerade …", weiter kam sie nicht, als sie ein Fauchen und Bellen aus dem hinteren Teil des Hauses hörte. Jagte hier schon wieder Killer ihren armen Streuner?

„Moment, ich muss hier grade mal was nachsehen", unterbrach sie Klara am Telefon. „Dieser Nachbarshund kommt die ganze Zeit auf mein Grundstück und jagt meine arme Katze. Und mein dämlicher Nachbar unternimmt einfach nichts, um das zu verhindern!" Karin stürmte Richtung Terrassentür. Streuner war auf den Apfelbaum geflüchtet, Killer strich hechelnd um den Baumstamm. „Klara, ich ruf dich zurück. Tut mir leid, aber das hier geht einfach zu weit!" Sie beendete das Gespräch und versuchte aus sicherer Entfernung, Killer zu vertreiben. „Wirst du wohl, kusch!", rief sie armefuchtelnd aus sicherer Entfernung. Killer ließ sich nicht ablenken und während Karin überlegte, ob sie wieder bei ihrem Proletennachbarn klingeln und ihm die Meinung geigen sollte, drangen dicke schwarze Rauchwolken aus ihrem Küchenfenster.

Herr Lohmeier, auf seinem üblichen Überwachungsposten, sah dies zuerst und rief direkt die Feuerwehr an. Zeitgleich erging eine Mitteilung an die Polizeiwache und direkt danach ein Funkruf an Polizeianwärterin Schwenke, sich in die St.-Benedikt-Straße zu begeben. Sebastian Salzinger hatte die Rauchschwaden ebenfalls bemerkt und wollte gerade zu seiner Nachbarin hinüber sprinten, um die Lage zu checken, als er die herannahenden Sirenen der Feuerwehr und Polizei hörte. Als das erste Einsatzfahrzeug um die Ecke bog, zog er sich wieder in sein Haus zurück.

Karin fiel ebenfalls voller Schreck ein, dass noch die Zuckermasse auf dem Herd stand, als ihr der Geruch von Verbranntem in die Nase stieg. Blitzartig verschwand sie im Inneren ihres Hauses, als auch schon ein Löschzug hielt und ein Trupp Feuerwehrmänner heraussprang. In der einen Hand hielt einer der Uniformierten ein großes Hackbeil, um sich falls notwendig gewaltsamen Eintritt zu verschaffen, deshalb entschied sich Karin spontan, zuerst zur Haustür zu rennen, diese zu öffnen und kurz zu erklären, was auf dem Herd stand.

Das Problem war schnell gelöst. Außer dem verbrannten Kochgut gab es glücklicherweise nichts zu löschen. Ein Feuerwehrmann trabte vorsichtshalber nochmal durch das ganze Haus, konnte keine Glutnester entdecken. Auf diese Weise sah er jedoch Streuner, der immer noch verschreckt maunzend auf der Spitze des Apfelbaums thronte und da die Feuerwehr nun schon einmal da war, wurde der Kater per Leiter schnell noch aus dem Baum geholt und Karin in die Arme gedrückt. Karin war das alles unglaublich peinlich. Unter vielen Entschuldigungen begleitete sie den letzten Feuerwehrmann aus dem Haus und versprach, die erste geglückte Packung Bonbons, der Feuerwehr Wasserburg zu stiften.

Nachdem im Haus wieder Ruhe eingekehrt war, gestatte sich Karin ein gut eingeschenktes Glas Eierlikör und beschloss, den Rest des Tages in ihr Bett zu flüchten und sich unsichtbar zu machen.

Vor dem Haus zogen die Einsatzwagen allmählich ab. Herr Lohmeier gab Sabine Schwenke kurz zu Protokoll, wie und wann er die Rauchschwaden entdeckt hatte. Dabei wanderte der Blick der Polizeianwärterin immer wieder zum Haus des Sebastian Salzingers, was Herrn Lohmeier nicht entging.

Was schaut die denn die ganze Zeit da rüber? Wurden jetzt doch Ermittlungen gegen meinen Nachbarn aufgenommen? Er ärgerte sich. „Möchten sie vielleicht einen Kaffee oder ein Glas Wasser?" fragte er scheinheilig und nicht ganz ohne Hintergedanken, noch etwas in Erfahrung zu bringen, wenn er die junge Frau erst einmal auf der Terrasse sitzen hatte.

Irgendwie tat der jungen Polizeianwärterin der ehemalige Polizist leid. Wahrscheinlich war er total einsam. *Und so lange keine Fliegenklatsche in Griffnähe liegt, dürfte es ungefährlich sein,* schmunzelte Sabine Schwenke in sich hinein.

„Ein Glas Wasser würd' ich nicht ablehnen."

„Aber gerne, bittschön, dann kommen sie doch rum um's Haus auf die Terrasse."

Sie folgte Herrn Lohmeier und sah sich auf der Terrasse interessiert um. Das Gras im Garten war so kurz getrimmt, dass jeder Engländer vor Neid erblasst wäre und die Blumenrabatte quadratisch mit Steinen eingefasst. Sauber und ordentlich, wie sie es vermutet hatte. Zum angrenzenden Grundstück standen in Kübeln mehrere Trompetenbäumchen, wie sie interessiert zur Kenntnis nahm. Die gelben Blüten können schwere Halluzinationen und Herzprobleme auslösen, wenn sie als Drogen verarbeitet und konsumiert werden. Einen Gedankenblitz lang überlegte die junge Polizistin, ob Herr Lohmeier vielleicht der Schnupftabakvergifter sein könnte. *Was für ein Unsinn, rief sie sich zur Ordnung, doch nicht der Herr Lohmeier! Obwohl, wenn seine Frau krebskrank gewesen war, dann hatte sie doch sicherlich auch die Schmerzpflaster verschrieben bekommen.*

Herr Lohmeier verschwand im Haus, um kurz darauf mit einem Glas Wasser zurückzukommen.

„Danke schön", murmelte sie, während sie das Glas in die Hand nahm und daran nippte. „Sagen sie mal, nur so aus beruflichen Interesse und bitte nicht falsch verstehen."

„Was denn?"

„Als ihre Frau verstarb", druckste sie herum.

„Ja?"

„Also, ihre Frau hat doch sicherlich starke Medikamente erhalten, als sie so krank war."

„Ja?"

„Jetzt nur so rein hypothetisch: wenn nicht alle Medikamente verbraucht wurden, müssen die an den Arzt zurückgehen?"

„Eigentlich schon."

„Wie jetzt, eigentlich schon?!"

Herr Lohmeier seufzte. „Ja, sie müssen zurückgehen. Aber sicherlich denken in dem Moment, nachdem der Tod des Angehörigen eintritt, nicht alle daran, die Medikamente an den Arzt auszuhändigen. Oder wissen es gar nicht. Bei mir war es so, dass ich es an die Apotheke zurückgegeben habe."

„Ach so." Sabine Schwenke nippte weiterhin an ihrem Wasser.

Peter Lohmeier sah sie scharf an. „Sie verdächtigen mich doch nicht, etwas mit dem vergifteten Schnupftabak zu tun zu haben, oder?"

„Nein, nein! Um Gottes willen, wie kommen sie denn auf so etwas?"

„Dann ist ja gut. Und jetzt unter Kollegen – also quasi Kollegen. Haben Sie meinen Nachbarn überprüft und sind auf etwas gestoßen?"

Sie verschluckte sich. „Ich kann ihnen wirklich nichts sagen, das wissen sie doch." Kriminalhauptkommissar Habicht hatte sie so was von in die Mangel genommen und verwarnt, lieber nicht nochmal unbefugt eine Personenabfrage durchzuführen. *Wie hat er das nur rausbekommen?, fragte sie sich, irgendeine routinemäßige Überprüfung, ob sich jeder an die Vorschriften hält, oder bin ich tatsächlich auf etwas gestoßen, was noch besonders vertraulich behandelt werden muss?*

„Sagen nicht, aber zwinkern können sie doch, oder? Hier ist alles voller Eintagsfliegen, da kann schon mal was ins Auge gehen. Also, haben sie eine Personenabfrage durchgeführt? Was gefunden?"

***

Im Haus gegenüber stellte Sebastian Salzinger ebenfalls Recherchen an. Er holte eine neue SIM-Karte aus seinem Safe im Dachspeicher, pfiff Killer zu sich und machte einen ausgedehnten Spaziergang entlang des Inns. Während der Schäferhund den Geruch von Biber erschnüffelte, tippte Sebastian Salzinger die geheime Nummer ein.

„Gut, dass du dich meldest."

„Hast du etwas über Karin Müller herausgefunden?"

„Wenig. Sie hat früh ihre Eltern verloren und ist bei ihrer Tante aufgewachsen. Nach der Schule verschwand sie dann aus Wasserburg."

„Sie hat mir erzählt, sie ist viel herumgereist."

„Könnte hinkommen."

„Irgendwelcher Dreck am Stecken?"

„Konnte nichts finden. Und du? Hast du erfahren, ob sie dich beim Training mit Killer gesehen hat?"

„Nicht wirklich. Irgendwie befürchte ich es. Andererseits ist sie ziemlich chaotisch. Heute hat sie fast ihr Haus abgefackelt, so dass Feuerwehr und Polizei angerückt sind. Also, so ganz abwegig ist es daher auch nicht, dass sie im Juli Schwammerl suchen wollte und dabei ihr Auto in den Graben gefahren hat."

„Polizei?!"

„Hältst du mich für einen Anfänger?"

Kurzes hartes Auflachen am anderen Ende der Telefonleitung. „Nein, wirklich nicht! Aber ein Vögelchen hat mich kontaktiert, dass die Polizei Wasserburg auf dich aufmerksam wurde."

„*Was?*"

„Genau. Also sei verdammt vorsichtig."

„Zefix! Vielleicht müssen wir umdisponieren." Sebastian Salzinger beendete das Gespräch und entfernte die SIM-Karte, die er in den nächstbesten Abfalleimer warf.

24. Kapitel

Am nächsten Morgen fischte Herr Lohmeier seinen Bayerischen Boten aus dem Briefkasten und fand auf Seite 5 einen kleinen Bericht zum gestrigen Ereignis in der St.-Benedikt-Straße.

> **Wasserburg.** *Gestern rückten Feuerwehr und Polizei zu einem vermeintlichen Küchenbrand in einem Einfamilienhaus aus. Schaden entstand keiner, da es sich nur um qualmendes Kochgut handelte. Die Bewohnerin des Hauses kam mit einem Schrecken davon.*

Die hätten ruhig berichten können, dass Schlimmeres verhindert wurde, weil ich rechtzeitig den Qualm entdeckt habe, brummelte Herr Lohmeier still vor sich hin. Dann blätterte er weiter.

> **Noch immer kein Durchbruch bei Ermittlungen zu vergiftetem Schnupftabak!**
>
> *Wie ein Sprecher der Soko „Schnupftabak" mitteilte, werde verschiedenen Spuren nachgegangen. Mittlerweile konnten alle giftigen Inhaltsstoffe identifiziert werden. Bei den Hauptbestandteilen handelt es sich um Blüten der Engelstrompete sowie um einen Auszug aus sogenannten Schmerzpflastern, die bei Schwerstkranken zum Einsatz kommen. Eine Ergreifung des Täters sei dadurch erschwert, dass es für jedermann relativ einfach*

sei, an die Ingredienzien heranzukommen und sie zu verarbeiten.

Das Foto (rechts) zeigt die Verpackung der Marke „Bavaria Schnupftabac". Die Soko „Schnupftabak" bittet um Hinweise und rät zu äußerster Wachsamkeit bei Verwendung dieses Schnupftabaks, sollte die Originalverpackung (Plastikumhüllung) beschädigt oder nicht vorhanden sein. Bei Packungen, die diese Plastikumhüllung nicht oder mit Beschädigungen aufweisen, ist vom Konsumieren dringend abzuraten! Die Soko bittet in solchen Fällen, die Schnupftabakpackungen bei ihrer Polizeistation abzugeben, die diese zur Untersuchung an das LKA weiterleitet.

Für Rückfragen oder Hinweise hat die Soko „Schnupftabak" eine Hotline mit der Telefonnummer: 089-123 123 000 eingerichtet.

Derzeit sind keine neuen Fälle von vergiftetem Schnupftabak bekannt.

Peter Lohmeiers Augen weiteten sich. Also hatte die Frage der Schwenke gestern doch einen Hintergrund gehabt. Was für ein Glück, dass ich ihr gesagt habe, ich habe die übriggebliebenen Schmerzpflaster in der Apotheke abgegeben. Überprüfen würde sie das wohl nicht, oder?

***

Frau Zwiebel hatte für sich eine Entscheidung getroffen. Ein Leben mit Dieter kam darin nicht mehr vor. Über die Vermögensverhältnisse wusste sie mittlerweile Bescheid. Sie lächelte, während sie ihr Arbeitszimmer mit einem großen Wäschekorb betrat, über die Regale blickte und nach dem ersten Fachbuch griff. „Der ganze Plunder kommt jetzt weg!"

„Was?"

Sie hatte nicht gehört, wie Dieter plötzlich hinter sie trat und erschrak.

„Ach nichts, ich miste hier nur aus."

„Du willst das doch nicht alles wegwerfen, oder? Was das alles gekostet hat!"

„Ja, vor zehn Jahren. ‚Chemie für die bayerische Oberstufe', hiervon gibt es mittlerweile bestimmt fünf neue Auflagen."

„Egal, du kannst doch trotzdem versuchen, die Bücher zu verkaufen, oder? Vielleicht haben sie ja mittlerweile Sammlerwert."

Frau Zwiebel seufzte auf. Wie weltfremd war der Mann eigentlich? „Wie geht's mit deinem Schmalzler-Verein?", versuchte sie ihn abzulenken.

„Wieso?"

„Nur so, du berichtest kaum noch von deinen Versammlungen.", sie konnte ihm ja kaum erzählen, dass sie in seinen Unterlagen gestöbert und den Briefwechsel gefunden hatte.

Dieter Zwiebel grummelte etwas vor sich hin. „Probleme – werden schon sehen, was sie davon haben", waren Wortfetzen, die sie noch vernahm, als sich ihr Gatte umdrehte und den Raum verließ. Sie seufzte erleichtert auf und begann, die Bücher auszusortieren. Ein Waschkorb würde mit Sicherheit nicht reichen!

***

Karin hatte sich kaum aus dem Bett quälen können. Nun saß sie wie ein Häuflein Unglück am Küchentisch und trank ihren ersten Kaffee. Der Kupferkessel mit der verbrannten Zuckermasse stand noch in der Spüle. Was für eine Blamage!

Ihr Handy klingelte, Klara war wieder am anderen Ende der Leitung.

„Du, ich habe gerade gelesen, dass gestern die Feuerwehr in dein Wohnviertel ausgerückt ist und dann habe ich eine Kundin gefragt und die hat gesagt, dass es dein Haus war. Was ist denn passiert?"

„Gelesen?", fragte Karin panisch.

„Ja, im Bayerischen Boten stand etwas."

Karin schloss müde die Augen. „Na toll, dann weiß es ja jetzt die ganze Stadt."

Klara kicherte. „So lange dir nichts passiert ist … Aber was war denn los?"

„Der Nachbarshund hat Streuner auf den Baum gejagt, ich bin raus und habe dabei vergessen, dass noch die Zuckermasse auf dem Herd stand. Das Zeugs ist dann irre schnell angebrannt. Allerdings hatte ich den Rauch auch schon bemerkt und war schon in die Küche geeilt um den Herd auszuschalten, als die Feuerwehr anrückte."

„Ach, herrjeh!"

„Genau! Ich weiß überhaupt nicht, wie ich den Kessel wieder sauber bekommen soll."

„Versuch es mal mit kochendem Wasser und Waschpulver. Aber weißt du was? Wenn du willst, ich habe übermorgen meinen freien Tag und ich könnte dir bei deiner ersten Bonbonproduktion helfen. Zusammen geht es vielleicht einfacher, bis du etwas Übung hast."

Karin atmete erleichtert auf. „Gerne! Das wäre wirklich ganz lieb von dir." Sie verabredeten eine genaue Zeit, dann beendeten sie das Gespräch. Sie würde jetzt erst einmal einen neuen Versuch der Bonbonherstellung unterlassen, sich um den verklebten Kessel kümmern und die alte Anrichte abschmirgeln, die sie in die Küche stellen wollte. Nun war sie wieder voller Tatendrang! „Auf geht's", sprach sie zu einem Bild von Tante Hildegard.

***

„Zefix, Killer, warst du das?" Sebastian Salzinger klaubte einen miauenden Streuner unter seinem Holzstoß am Haus hervor. Der Kater war in keinem guten Zustand. Ein Auge und ein Ohr waren eindeutig einem Kampf ausgesetzt gewesen. Er konnte sich aber nicht vorstellen, dass sein Schäferhund der Übeltäter war. Killer jagte zwar gerne, trat aber schnell den Rückzug an, wenn eine Katze die Krallen ausfuhr. Also, was tun? Obwohl, was für eine Wahl hatte er, als bei seiner Nachbarin zu klingeln?

„Bringen wir es hinter uns!", Killer wedelte mit dem Schwanz, während er um ihn herumtänzelte. „Nein, du bleibst besser im Haus." Sebastian Salzinger betrachtete das kläglich miauende Fellbündel auf seinem Arm. „Hoffentlich macht dein Frauchen jetzt nicht gleich den völligen Aufstand."

Nicht gerade zuversichtlich näherte er sich dem Nachbarshaus. Er klingelte und noch während er überlegte, was er Karin Müller zur Beruhigung sagen sollte, brach unter lautem Sirengeheul in der sonst so ruhigen St.-Benedikt-Straße das Chaos aus. Ein Rettungswagen hielt mit quietschenden Reifen gegenüber und Frau Zwiebel stand händeringend in der offenen Haustür, während ein Notarzt aus dem Wagen sprang und ins Haus stürmte. Ein weiterer Rettungswagen hielt an und auch hier sprangen zwei Sanitäter heraus und eilten mit ihren roten Rucksäcken ins Haus.

Das Sirenengeheul versetzte Streuner in weitere Panik, so dass Karin ihren Nachbarn samt zappelnder Katze auf dem Arm in ihr Haus zog.

„Was ist denn da drüben los?", fragte Karin, während sie behutsam Sebastian Salzinger den maunzenden Streuner abnahm. „Und was ist mit meinem Kater passiert?"

„Wahrscheinlich hat Herrn Zwiebel a Hitzschlag dawischt, nachdem er sich in die Gluthitze mit seinem Trachtenjanker gsetzt hat", mutmaßte Sebastian Salzinger, „und was mit ihrer Katzn passiert ist, ko ich ebenfalls nur mutmaßen, dass sie sich mit oana Falschn oglegt hat."

Sie waren mittlerweile in der Küche angelangt, durch das Küchenfenster blinkten die Sondersignale der Fahrzeuge. Die Haustür der Zwiebels stand immer noch offen und Herr Lohmeier stand unschlüssig davor, ob er hineingehen sollte oder nicht.

Karin wandte sich angeekelt ab. Sie hasste diese sensationsgeilen Gaffer, die sich um jeden Notfall scharrten wie die Fliegen um einen Misthaufen. Fehlte noch, dass Herr Lohmeier sein Handy zückte und das alles aufnahm. Ein Blick in das Gesicht von Sebastian Salzinger genügte, um zu wissen, dass er wohl ähnlich dachte und das stimmte sie für einen Moment milder.

„Sind Sie sicher, dass das nicht ihr Hund war?"

„Scho.", sagte er, „des schaut nach oana bösen Kratzwunde da an dem Aug aus. Und Hund kratzn net."

Dem musste Karin, wenn auch widerwillig, zustimmen.

„Am besten, Sie bringan die Katz zum Tierarzt."

„Danke, ja, das mache ich gleich."

„Wie geht's ihrm Zeh?"

Wollte er jetzt noch weiter Konversation mit ihr betreiben? Ihre Nerven lagen wegen Streuner doch schon blank genug, außerdem beunruhigte sie die körperliche Nähe zu ihrem Nachbarn.

„Danke. Wenn es ihnen nichts ausmacht, dann würde ich jetzt gerne beim Tierarzt anrufen …"

„Ja, tuans des!"

Sie sah ihn erwartungsvoll an und er verstand. „Dann habe die Ehre und auf bald!"

Während er ihr Haus verließ und die Eingangsstufen herunterlief hielt ein Polizeiwagen mit Blaulicht vor der Tür. Kriminalkommissar Habicht sprang heraus und ihre Blicke trafen sich.

***

Während Karin nach der Telefonnummer einer Tierarztpraxis suchte und im Haus gegenüber helle Aufregung herrschte, schlenderte Florian gemütlich durch die Stadt. Ein Blick auf seine Kontoauszüge zeigte ihm, dass seine Schulden allmählich geringer wurden. Nicht so seine Wut und Enttäuschung über diesen Betrüger Kurt, der ihn in diese Lage gebracht hatte. Obwohl, wenn er es recht bedachte, so schlimm sah seine Lage gar nicht aus. Er wurde mit einem herzlichen „Servus" in seiner kleinen Lieblingsbuchhandlung begrüßt und schmökerte erst einmal die Regale entlang. „Ko i dir helfa?", die saloppe Ansprache der Verkäuferin Margarete Gschwendner war der Tatsache geschuldet, dass er diese schon einmal für das große Bürgerspiel als Marktweib am Pranger geschminkt und mit ihr dabei über Gott und die Welt geplaudert hatte. „Hm, ich suche was für eine Freundin."

„A Freindin?", zwinkerte sie ihm zu.

Florian klimperte mit seinen langen Wimpern. „Nicht, was du schon wieder denkst, also wirklich!"

Margarete Gschwendner kicherte, wurde aber sofort wieder geschäftsmäßig. „Mag deine Freundin historische Romane? Ich hätt' da was über Wasserburg." Sie suchte im Regal und hielt ihm dann ein Taschenbuch unter die Nase.

„Ja, gut, dann nehme ich das." Florian überflog kurz den Klappentext, bevor er zu seinem Geldbeutel griff. *Vielleicht lenkt sie das von ihren Problemen etwas ab*, dachte er. Nachdem er den Laden verlassen hatte, schlenderte er weiter.

„Griaß di, Florian." Ein junger Mann im dunklen Anzug, seines Zeichens Immobiliensachbearbeiter bei der Sparkasse, winkte ihm von der anderen Straßenseite aus zu.

Ach ja, der Aussätzige. Er war damals ganz schön beschäftigt gewesen diesem Bankangestellten für das Bürgerspiel Wunden zu schminken. „Servus", grüßte Florian zurück. Jetzt hatte er Hunger bekommen und er lenkte seine Schritte zu seiner Lieblingsmetzgerei. Eine deftige Leberkässemmel war jetzt unbedingt von Nöten.

***

Währenddessen kämpfte der Notarzt in der St.-Benedikt-Straße damit, Herrn Zwiebels Kreislauf zu stabilisieren. Lebensgefahr bestand momentan wohl glücklicherweise nicht. Im Badezimmer, in dem Herr Zwiebel zusammengebrochen war, sah es aus wie auf einem Schlachtfeld. Aufgerissene Verpackungen von Kanülen und Spritzen bedeckten den Boden. Frau Zwiebel stand bleich in der Badezimmertür und beobachtete das Treiben.

„Das sieht nach einer Vergiftung aus", sprach der Notarzt Frau Zwiebel an, „wissen Sie, was er zu sich genommen hat? Ein Pilzgericht? Drogen?"

„Mein Mann nimmt doch keine Drogen, wo denken Sie hin?"

„Was ich dazu denke, ist nicht relevant. Relevant ist, was Ihr Mann zu sich genommen hat, um ihn in so einen Zustand zu versetzen."

Frau Zwiebel kniff die Lippen zusammen bevor sie kurz durchatmete und dann antwortete. „Keine Pilze, keine Drogen. Zumindest weiß ich nichts davon."

Ihr Mann bewegte sich langgestreckt auf den kalten Fliesen und lallte Unverständliches.

„Herr Zwiebel, bleiben Sie ganz ruhig. Ich bin Notarzt, Dr. Peters. Sie sind zusammengebrochen und wir bringen Sie jetzt ins Krankenhaus. Können Sie mir sagen, was Sie gegessen oder zu sich genommen haben?"

Wieder kamen nur lallende Geräusche aus dem Mund des Patienten.

Dr. Peters erinnerte sich an eine offizielle bayernweite Warnung an Notärzte und Rettungsdienstpersonal, welche vor einer Woche per Email und Hauspost an ihn gelangt war.

„Schnupft Ihr Mann Tabak?"

Hinter seinem über den Patienten gebeugten Rücken zog Frau Zwiebel scharf die Luft ein. „Ja.", sagte sie leise.

„Gut.", der Notarzt richtete sich auf. „Wir bringen Ihren Mann jetzt in die Klinik, zur weiteren Behandlung und Abklärung, ob es sich in dem Fall um vergifteten Schnupftabak handelt. Außerdem müssen wir natürlich die Polizei verständigen."

„Die ist schon da!", Kriminalkommissar Habicht kam gerade die Treppe herauf und hatte die letzten Worte des Notarztes gehört.

Frau Zwiebel schloss kurz die Augen. Was für ein Desaster!

25. Kapitel

Streuner schoss wie eine Gewehrkugel aus der Transportkiste und versteckte sich unter dem Küchensofa. Karin seufzte tief auf. Wie in alles in der Welt sollte sie dem armen Kater die Salbe in das verletzte Auge verabreichen? Sie stellte ein Schälchen mit etwas Sahne vor das Sofa. Streuner blieb, wo er war. Ein Klecks Leberwurst auf einem Tellerchen erregte etwas mehr Aufmerksamkeit. Kurz lugte das schwarze Köpfchen unter dem Sofa hervor, verschwand jedoch augenblicklich, als Karin ihn ergreifen wollte.

Das schaffe ich nie allein, dachte Karin und griff zum Telefonhörer. Florian nahm sofort ab. „Hi, Florian. Es tut mir leid, dass ich schon wieder anrufe. Streuner ist verletzt. Ich war schon beim Tierarzt, der hat kurz eine Wunde an seinem Ohr genäht und für das entzündete Auge soll ich ihm eine Antibiotika-Salbe geben. Ich weiß aber wirklich nicht, wie ich das machen soll. Alleine schaffe ich das auf gar keinen Fall. Die arme Streuner ist total panisch und kommt jetzt überhaupt nicht mehr unter dem Sofa hervor."

„Och, das arme Ding", Florian überlegte kurz, „Du musst ihn betäuben, bevor du ihm die Salbe verabreichen kannst."

„Tolle Idee! Und wie? Ich habe leider kein Blasrohr mit Betäubungspfeilen zur Hand."

„Süße, bleib ganz ruhig. Ich überlege mir etwas." Auf der Straßenseite gegenüber sah er, wie Sebastian Salzinger Richtung Bankautomat schlenderte. „Und ich glaube sogar, ich habe bereits eine Idee." Mit diesen Worten beendete er das Telefonat. *Drogen – Haschisch,* war ihm in dem Sinn gekommen, als er Karins Nachbarn erblickt hatte. In Münchner Zeiten war Florian fast ausschließlich mit Künstlern in Kontakt gewesen. Viele dieser Künstler lebten äußerst bürgerlich, doch einige genossen ein extravagantes Leben, welches durchaus den Genuss von Drogen einbezog. Florian hielt sich von den harten Sachen fern, keine zehn Pferde hätten ihn verleiten können, Kokain zu schnupfen. Einer Haschischzigarette war er aber das eine oder andere Mal nicht abgeneigt gewesen. Diese hatte immer eine äußerst entspannende und Schlaf fördernde Wirkung auf ihn gehabt. Warum also nicht dem Kater etwas Haschischrauch um die Nase pusten, damit der sich entspannte und Karin ihm die Salbe ins Auge schmieren konnte?

Florian blickte auf den breiten Rücken von Sebastian Salzinger, der gerade Scheine aus dem Geldautomaten zog. Und ein weiterer Plan reifte in ihm. Er überquerte die Straße und tippte Karins Nachbarn kurz auf die Schulter. Sebastian Salzinger drehte sich erstaunt um.

„Servus!" Florians Begrüßung wurde mit einem kurzen Hüftschwung synchronisiert.

„Äh, Servus?"

„Haben Sie sich schon gut in Wasserburg eingelebt?" Kurzer Hüftschwung zur anderen Seite.

„Ja, scho …?"

„Tja, in so einer kleinen Stadt, braucht es nicht sehr lang, bis man weiß, wo man was herbekommt, gell?"

„Ja, scho …?"

„Aber nicht jeder weiß, wo man so ganz *Spezielles* herbekommt, gell?" Florian blinzelte sein Gegenüber mit dem rechten Auge kurz an.

„Ja, scho …?"

„Also so nicht ganz Legales", jetzt senkte Florian die Stimme zu einem vertrauensvollen Flüstern.

„Aha, ja scho …?"

„Haben Sie da vielleicht etwas mitbekommen?"

„Von was?" Sebastian Salzingers Blick hatte deutlich an Schärfe zugenommen.

„Ja, mei, nur so zur Entspannung …"

Schweigen seines Gegenübers. Musste er dem denn alles aus der Nase ziehen? „Ich meine etwas Gras …"

Sebastian Salzinger brauchte einen kurzen Augenblick, um sicher zu sein, dass dieser dünne Kerl vor ihm ihn gerade nach Haschisch oder Cannabis angefragt hatte. Er beschloss, sich dumm zu stellen. „Mei, dann würd' i ein Gartencenter aufsuchen. Da werden's wahrscheinlich am ehesten fündig."

Florian blinzelte irritiert, aber da war wohl nichts zu machen. „Tja, vielen Dank, da haben Sie wohl recht."

„War's das?"

„Äh ja, dann Servus, man sieht sich", Florian drehte sich um seine eigene Achse und floh.

Als er außer Sichtweite war, schüttelte Sebastian Salzinger nachdenklich seinen Kopf und konnte sich ein leises Grinsen nicht verkneifen. Wie zum Geier kam dieser Kerl dazu, zu glauben, er sei ein Kleindealer?

***

Natürlich wusste Florian, wo er etwas Haschisch herbekam. Das war ein relativ offenes Geheimnis in Wasserburg und nachdem er sich mit etwas von dem Stoff und Zigarettenpapier zum Selberdrehen eingedeckt hatte, machte er sich auf den Weg zu Karin. Von seinem missglückten

Geschäft mit Sebastian Salzinger wollte er ihr lieber nichts berichten.

Beherzt klingelte er an Karins Haustür. Eilige Schritte waren zu hören, dann öffnete sich die Tür und Karins verstrubbelter Kopf kam zum Vorschein. Ihre Wangen waren hektisch gerötet.

„Mann, langsam wird mir alles zu viel. Streuner sitzt immer noch unter dem Sofa und miaut herzerweichend. Er hat bestimmt furchtbare Schmerzen. Nun komm' doch endlich herein!"

Mit diesen Worten zog sie ihren Jugendfreund ins Haus.

„Süße, ich glaube, du brauchst auch etwas zur Beruhigung.", verschwörerisch zog er ein kleines Plastikbeutelchen aus seiner Hosentasche und wedelte damit Karin vor dem Gesicht herum. „Damit beruhigen wir uns alle erst einmal."

Karin verzog misstrauisch ihr Gesicht. „Was ist das denn? Doch hoffentlich nicht das, was ich denke!"

Florian kicherte kokett auf. „Nur ein bisschen Gras. Und zwar keines aus dem Gartencenter." Den Witz verstand zwar nur er, er fand ihn aber trotzdem gut.

„Bist du verrückt, ich rühre doch keine Drogen an!"

„Wie, hast du noch nie in deinem Leben gekifft?"

Karin schüttelte vehement ihren Kopf. Florian seufzte auf. Kurz überlegte er, ob er mit ihr in eine Diskussion über die Gefahren zum Genuss von Haschisch versus Alkohol einsteigen sollte, kam aber zum Entschluss, dies zu unterlassen.

„Ich nehme das Zeug auch nicht regelmäßig, denn es macht mich unheimlich müde. Ansonsten ist es ungefährlich, glaube mir Schätzchen, wenn man es nicht regelmäßig nimmt und es dir nicht Lust auf andere Drogen macht." Er schwieg kurz. Vor seinem inneren Bild tauchten ein paar Bekannte aus seiner Münchner Zeit auf, die es innerhalb von kürzester Zeit geschafft hatten, ihr Leben mit Kokain, Crystal Meth und diversen Pillen unwiederbringlich zu ruinieren. „Pass auf, es ist nur *ein* Versuch, Streuner zu betäuben. Ich glaube, dass wir die Katze so beruhigen können."

Karin blickte immer noch skeptisch, während beide die Küche betraten. Das wehleidige Miauen unter dem Sofa brach ihr fast das Herz. „Also gut, versuchen wir es. Aber nur eine Zigarette!" Sie kam sich unheimlich verrucht vor, während sie die Vorhänge zuzog und Florian eine Zigarette drehte.

„Und jetzt?", fragte sie, nachdem Florian das kleine Tütchen angezündet hatte.

Florian zeigte auf das Sofa. „Und jetzt setzen wir uns hier hin und ignorieren Streuner. Er wird schon herauskommen." Beide lümmelten sich zwischen die Kissen. Florian hielt ihr fragend den glimmenden Joint hin, Karin seufzte kurz auf. „Na gut, aber nur, um die Katze zu beruhigen!" Süßlicher Rauch zog bereits durch die Küche.

„Komm, wir legen uns besser vor das Sofa und pusten den Rauch darunter", Florian war zeitweise durchaus praktisch veranlagt. Beide legten sich bäuchlings auf den Flickenteppich und starrten unter die Sofakante.

Karin nahm einen Zug, inhalierte tief ein und pustete als erste den Rauch in Richtung schwarzes Katzenbündel.

Florian nahm ihr das Tütchen aus der Hand, Streuner miaute kläglich.

***

Sebastian Salzinger hatte einen ruhigen Tag hinter sich. Er war durch die Stadt gebummelt und hatte anschließend in dem Café im alten historischen Rathaus seinen Espresso geschlürft.

Noch immer kreisten seine Gedanken um den kleinen Vorfall mit diesem schrägen Vogel Florian. Er konnte sich gut vorstellen, dass der Gras rauchte. Wahrscheinlich gehörte das zu seinem Lebensstil. Aber einen regelmäßigen Drogenkonsum unterhielt dieser Kleinstadt-Bohemien wohl eher nicht. Für solche Einschätzungen besaß er einen sechsten Sinn. *Also, warum fragte ihn dann der Mann, wo er Stoff herbekam? Wollte er ihm unterstellen, dass er Drogen nahm? Ihm etwas verkaufen? Nie im Leben,* beschied er. *Wenn sich einer so offensichtlich dämlich anstellte, wie Florian es soeben getan hatte, hätte ihn sein Großdealer sicherlich schon längst im Inn versenkt. Also, was sollte es dann? Hatte er gedacht, Sebastian könnte ihm etwas verkaufen? Wieso?*

„Ko i zahln?", bremste er die hübsche Bedienung im feschen Dirndl, die gerade an seinem Tisch vorbeilaufen wollte. „Ja freili", sie lächelte ihn strahlend an, „des macht dann …" Gern hätte sie etwas mit ihm geschäkert, doch er zeigte kein Interesse. *Schad,* dachte sie, *was für a Mannsbild.*

Das Mannsbild war weiterhin mit seinen Gedanken beschäftigt, als er mit Killer an der Leine über die Brücke marschierte.

Und was war das heute für ein Vorfall bei seinen Nachbarn, den Zwiebels? Es wurde gemunkelt, dass Herr Zwiebel mit Schnupftabak vergiftet worden sei. Direkt ihm gegenüber ein neuer Fall von vergiftetem Schnupftabak? Das wäre ja wirklich ein erstaunlicher Zufall. Oder etwa nicht?

In der St.-Benedikt-Straße nahm Sebastian Killer die Leine ab und sein Schäferhund stürmte los. Rannte wie ein Besessener die Straße hinab, ließ Sebastians Salzingers Haus links liegen, sprang mit einem Satz über den Torpfosten von Karin Müllers Garten, stürmte den Weg zum Eingang hinauf und kratzte wie ein Besessener an der Haustür.

Sebastian Salzinger rannte hinterher. „Aus, Killer!", befahl er scharf, doch Killer ließ sich kaum beruhigen. „Guter Hund, jetzt aus!", er zog ihn weg und zerrte ihn in sein eigenes Haus. Die Vorhänge des Küchenfensters im Nachbarhaus waren zugezogen, doch das Fenster war gekippt. Ein süßlicher Geruch war deutlich zu riechen. Jetzt war ihm einiges klar. Kurz überlegte er, dann entschloss er sich zu handeln. Den Spaß wollte er sich nicht entgehen lassen.

***

Die liegende Position vor dem Sofa hatten Karin und Florian aufgegeben. Karin war übel und Florian wurde zunehmend müder. Beide lümmelten nun auf dem Sofa und warteten, ob Streuner auftauchen würde. Da klingelte es Sturm an der Haustür. „Ich bin nicht da", wisperte Karin, „mein Gott ist mir schlecht." Es klingelte weiter. Verzweifelt sah Karin zu Florian, doch der war mittlerweile völlig weggedöst. Mit zitternden Beinen erhob sich Karin und wankte zur Tür, die sie einen kleinen Spalt weit öffnete.

Sebastian blickte sie mit großer Unschuldsmine an. „I hob vergessen, Muich zu kaufn. Hättn's oane für mi?"

„Milch?" Sie blickte kurz auf ihre Uhr, es war erst sieben Uhr abends. „Der Supermarkt hat doch bis zwanzig Uhr auf?" Bevor sie eine Antwort abwarten oder die Tür schließen konnte, suchte ihr Mageninhalt den Weg die Speiseröhre entlang nach oben und Karin stürmte in die Gästetoilette direkt neben der Eingangstür. Zeit genug für Sebastian, sich Eintritt zu verschaffen. Er schnüffelte, während würgende Geräusche aus der Toilette zu ihm drangen. Dieser süßliche Geruch war unverkennbar. Er wollte gerade zu einer Bemerkung ansetzen, als Karin aus der Toilette wankte. „Nie wieder", murmelte sie, während Sebastian sie sanft am Ellenbogen fasste und in die Küche schob. Das erste was er erfasste, war ein schnarchender Florian auf dem Sofa und ein Katzenkopf, der unter dem Sofa hervorlugte.

„Das Haschisch scheint ja nicht die gewünschte Wirkung gehabt zu haben."

Hier gab es nichts zu leugnen und Karin tastete nach einem Glas Wasser auf dem Küchentisch. „Wir wollten die Katze betäuben", sagte sie, während sie matt das Glas zwischen den Händen drehte.

„Was?"

„Wir bekommen die Salbe nicht in Streuners Auge, weil er so panisch ist und nicht mehr unter dem Sofa hervorkommt. Er braucht aber die Salbe, damit das Auge wieder verheilt. Und Florian hat gemeint", sie stoppte ihre Ausführung, weil sie ihren Freund nicht in Schwierigkeiten bringen wollte.

„Er hat gemeint, sie pfeifen sich den Stoff rein und die Katze wird dadurch ruhiger?" So ein Schwachsinn war kaum zu glauben. Doch Karin nickte, was einen neuen Übelkeitsanfall bei ihr auslöste und sie mit kleinen schnellen Schritten in Richtung Toilette wankte. Während seine Nachbarin den Raum verließ, wagte sich Streuner tatsächlich unter dem Sofa hervor, setzte sich wie anklagend vor Sebastian und miaute kläglich. Seufzend nahm er ihn hoch und streichelte ihn. „Viellcicht hat di der Rauch ja doch aweng eiglullt", sagte er zu ihr, „trotzdem lüften wir jetzt amal durch und suachn die Salbe für dei Aug."

Mit der Katze auf dem Arm öffnete er das Küchenfenster und sah sich suchend nach der Salbe um. Fündig wurde er auf dem Sofa neben Florian, der mit halboffenem Mund leise Schnarchgeräusche von sich gab. Er schnappte sich die Tube und hielt Streuner weiterhin fest im Griff. „Hast es glei gschafft, besser du hälst still, sonst musst di von den zwei Bekifften behandeln lassen und des wird net schee." Der Kater verstand und hielt still, bis die Salbe im verletzten Auge war und Sebastian ihn sanft auf dem Boden absetzte.

Dann sah er nach Karin und fand sie leichenblass aus der Toilette wanken.

„Ich muss – die Katze", begann sie.

„Die Katz' hab ich grad versorgt. Und Sie sollten besser ins Bett gehen und ihren Drogenrausch ausschlafen." Karin taumelte kurz und er griff ihr unter den Arm. „Des Sofa is scho besetzt. I bring' Sie jetzt ins Bett, da nauf?" Er deutete Richtung Treppe, Karin nickte ergeben und ließ sich die Treppe hinaufbegleiten. Sebastian stieß im Obergeschoss die erste Tür auf. Badezimmer. Die zweite Tür, Schlafzimmer. *Irgendwie schade, dass ich es so kennenlerne,* schoss ihm kurz in den Sinn, bevor er sich selbst zur Ordnung rief. Er führte Karin zum Bett, schlug die Decke zurück und half ihr, sich hinzulegen. Dann ging er in das Badezimmer zurück, schnappte sich einen Putzeimer, der in der Badewanne stand, und sah sich suchend nach einem kleinen Handtuch um. Fündig geworden, hielt er es unter den Wasserhahn, wrang es aus und brachte es, zusammen mit dem Putzeimer, an Karins Bett.

„War alles a bisserl viel, in letzter Zeit, was?", fragte er, während er sanft das feuchte Handtuch auf ihre Stirn legte.

Diese unerwartete freundliche Geste öffnete bei Karin alle Schleusen. Die Tränen flossen, Sebastian drängte sie nicht, doch während er weiter ihre Stirn mit dem feuchten Handtuch betupfte, konnte er sich aus unzusammenhängenden Satzfetzen, wie „Drecksack Andrew", „rote Lockenmähne", „Tante Hildegard", „jetzt ganz allein" und „verbrannter Bonbonmasse" zwar nicht alles zusammenreimen, jedoch doch so viel, dass er bei ihr blieb, bis sie sich beruhigt hatte. Dann ging er wieder in die Küche, vergewisserte sich, dass Florian ruhig atmend schlief, Streuner zu seinen Füßen gekuschelt. Er suchte in den Schränken nach einem Beutel Kamillentee, wurde fündig und bereitete schnell eine große Tasse Tee zu, die er nach oben in Karins Schlafzimmer brachte. Er stellte sie auf dem Nachtkästchen ab und betrachtete seine mittlerweile ebenfalls schlafende Nachbarin. Vorsichtig nahm er ihre Hand und legte drei Finger an ihren Puls. Er würde später nochmal nach ihr sehen, doch jetzt konnte er sie sicherlich allein lassen.

Karin bewegte sich im Bett, als er aufstand und zur Tür ging. „Danke", hauchte sie, dann murmelte sie noch etwas. Er musste sich verhört haben. Oder hatte sie tatsächlich gesagt, „viel zu nett für einen Drogendealer?"

26. Kapitel

Die Soko Schnupftabak wusste mittlerweile über den neuen Vorfall Bescheid und Bernd Faber befand sich auf dem Weg nach Wasserburg. Er würde seine Ermittlungen von der Polizeidienststelle Wasserburg aus führen, unterstützt von den dortigen Kollegen und der Kripo Rosenheim, die ebenfalls involviert war. Die anderen Mitglieder der fünfköpfigen Soko Schnupftabak blieben – zumindest vorerst – in München und führten von dort die verschiedenen Ermittlungsergebnisse zusammen. Die Hotline war ein voller Erfolg, das Interesse der Bevölkerung riesengroß und daher waren auch mehr als hundert Hinweise eingegangen. Und wie immer ein wilder Haufen an Spekulationen und Theorien. Von einer selbsternannten Hexe, die bei Vollmond irgendwelche Teeblätter drehen wollte, um den Täter zu finden, bis hin zu einem besorgten Chefarzt, der solch einen Schnupftabak geschenkt bekommen hatte, war alles dabei. Auf die Schnelle wurde eine Auswertung gefahren, ob es eine Verbindung zu den Fällen in Wasserburg geben könnte und ein, zwei Hinweise gingen tatsächlich in diese Richtung. Mal sehen!

Bernd Faber blickte grimmig auf sein Navi, während er über die kurvenreiche Zufahrtsstraße nach Wasserburg fuhr. Seine Arbeit wurde zusätzlich erschwert, weil sich mittlerweile zu viele mit dem Fall beschäftigten. Sogar das Bundeskriminalamt aus Wiesbaden war aufmerksam geworden und erwartete regelmäßige Berichterstattung. Diese Wichtigtuer! Na, so lange es ihnen reichte, dass sie regelmäßig per Email Bericht erhielten und nicht auf die Idee kamen, noch einen hessischen Beamten vorbeizuschicken, der den erfahrenen Drogenfahndern erklären wollte, wie die Welt funktionierte, ging es ja gerade noch. Was glaubten die eigentlich? Dass es nach dem vergifteten Schnupftabak für die Bayern mit Drogen versetzten Saumagen für die Pfälzer und gepanschten Spundekäs für die Hessen geben würde? Glücklicherweise ließ sie bis jetzt dieser für sie zuständige Thomas Freymann vom BKA in Ruhe. Der würde wahrscheinlich erst auftauchen, wenn der Fall gelöst und er mit auf das Pressebild kommen würde. Schlecht gelaunt passierte Bernd Faber die Stadtgrenze.

***

Frau Zwiebel durfte nur kurz ihren Mann auf der Intensivstation besuchen. Dieter Zwiebel überlebte, er würde jedoch noch die nächsten Tage medizinisch engmaschig überwacht werden. Getrud Zwiebel drückte etwas unbeholfen die Hand ihres Mannes, die schlapp auf der Bettdecke lag. „Das wird schon wieder, wirst sehen!", sagte sie leise. Ob er sie hören konnte, wusste sie nicht, er lag mit geschlossenen Augen vor ihr und gab kein Lebenszeichen von sich.

„Sie können jetzt nichts tun", eine Pflegeschwester war leise an sie herangetreten. „Draußen wartet ein Polizist auf sie. Gehen sie ruhig zu ihm hinaus, Ihr Mann ist in guten Händen!"

Getrud Zwiebel erhob sich. Eigentlich müsste sie den Tränen nahe sein, Angst, Grauen spüren. Doch da war nichts. Wie eiskalt war sie geworden, in den letzten Jahren mit Dieter?

***

In der Stadt brummte es wie in einem Bienenstock an Gerüchten. Das Verbrechen war über Wasserburg hereingebrochen. Hobbykriminale diskutierten an den Metzger- und Bäckereitheken die Drogenspur von München über die Schräge Mühle in der Nähe von Ebersberg nach Wasserburg. Der Schmalzler e. V. rief zu einer Sondersitzung am Abend auf und sein Vorsitzender, Alois Brandner, verfasste – wenn auch erst einmal heimlich, um einerseits den Anstand zu bewahren, andererseits aber, um vorbereitet zu sein, falls das Schlimmste eintraf – schon einen Nachruf auf ihr langjähriges Gründungsmitglied Dieter Zwiebel. Nicht erwähnt wurden darin die 0,53 € Differenz im Kassenbestand und die daraus resultierenden Querelen. Jetzt war Zusammenhalt gefragt. Ein Angriff mit vergiftetem Schnupftabak auf einen von ihnen, das zeugte von politischen Dimensionen! War es ein gezielter Angriff auf die, die die bayerischen Werte aufrechterhalten wollten? Alois Brandner hätte jetzt gerne zur Beruhigung einen geschnupft. Aber er traute sich nicht. Soweit war es jetzt schon gekommen!

***

Der BKA-Mann, Thomas Freymann, war mitnichten daran interessiert, nach erfolgreicher Zerschlagung eines Drogenrings auf ein Pressefoto zu kommen. Ganz im Gegenteil. Er war einer der besten Drogenfahnder deutschlandweit. Einer, der verbissen jeder Spur nachging aber auch einer, der in Ermittlungen jeder Zeit auch völlig neuen Theorien eine Chance gab. Und der gerne allein arbeitete. So auch jetzt. Er hatte sich im Schneidersitz niedergelassen und betrachtete die Europakarte, die die ganze Wand ausfüllte. Durchzogen mit Pfeilen, PostIts und Fotos. Um die Stadt Wasserburg hatte er einen dicken schwarzen Ring gezogen. Irgendetwas stimmte hier nicht. Nachdenklich erhob er sich.

***

Die schwarze Tasche stand wie immer gepackt in seinem kargen Schlafzimmer. Sebastian Salzinger dachte an den verschlossenen Raum in seinem Keller und überlegte, ob es besser wäre, die Brücken in dieser Stadt abzubrechen. So war das alles nicht geplant gewesen. Und nun befand er sich im Inneren des Hurrikans und dort konnte alles Mögliche passieren. In dem Sturm mitgerissen zu werden, behagte ihm ganz und gar nicht. Allerdings wäre es auch möglich, dass ihm – gerade weil er im Zentrum des Wirbels saß – überhaupt nichts passierte. Sebastian Salzinger war in Alarmbereitschaft.

***

Karin währenddessen hatte noch nichts vom Grund des Notarzteinsatzes im Haus gegenüber mitbekommen. Klara löste heute ihr Versprechen ein und gemeinsam schwitzten sie über der ersten Produktion der Müllerschen Bonbonproduktion. Für den Anfang war das Ergebnis ganz ansehnlich! Als die ersten Bonbons klirrend von der Walze fielen, war es Karin, als stünden alle ihre verstorbenen Ahnen hinter ihr und freuten sich, dass das alte Familiengeschäft endlich wieder in Schwung kam. Sie war unendlich stolz.

Klara umarmte sie. „Ich nehme hier schon einmal die erste Ladung mit. Im Laden habe ich kleine Tütchen, in die ich diese hammermäßig guten Erdbeerbonbons einpacke und sehe, ob ich sie verkaufen kann. Sie bekommen einen Ehrenplatz auf der Ladentheke. Versprochen!"

Karin blinzelte ein paar Freudentränen weg. „Vielen, vielen Dank für Deine Hilfe! Als nächstes mache ich Lutscher. Die kleine Presse steht noch im Keller, die hole ich sofort hoch."

„Lass dich nicht aufhalten. Ich freue mich für dich. Und vor allem freue ich mich, dass du in Wasserburg bleibst.", Klara musste langsam los.

„Und wenn ich dir im Laden helfen kann, gibst du Bescheid, ja?" Sie hatten ausgemacht, dass Karin beim Kuchenverkauf oder im Café aushelfen würde, wenn Klara personelle Engpässe hätte.

Karin begleitete Klara zur Tür hinaus, dabei fiel ihr Blick auf das Nachbarhaus. „Stell' dir vor, da war heute ein Riesenwirbel gegenüber. Mit Notarzt und Polizei." Klara blickte interessiert auf das Haus gegenüber. „Oh weia. Hoffentlich ist nichts Schlimmes passiert!"

Karin schämte sich etwas. Die letzten Stunden hatte sie das Drama völlig vergessen gehabt. Ob sie klingeln sollte, was passiert war? Ob Frau Zwiebel Hilfe brauchte? Oder war das zu aufdringlich?

***

Frau Zwiebel fuhr ziellos in der Gegend herum. Was sollte sie tun? Ihr ungeliebter Ehegatte auf der Intensivstation, ihr Liebhaber Rudi derzeit unerreichbar auf der

Alpenüberquerung Richtung Italien. Sollte sie die Gunst der Stunde nutzen und die Flucht ergreifen?

***

Herr Lohmeier stand in seinem Garten und wusste nicht so richtig, was er nun machen sollte. Er musste sich eingestehen, dass er bei seiner Überwachung im Fall Sebastian Salzinger keinen einzigen Schritt vorangekommen war. Was tun? Mit dem Wisch, dieser anonymen Anzeige, doch zu seiner alten Wirkungsstätte gehen und beichten, dass er sie unterschlagen und geöffnet hatte? Nachdem der Habicht ihn das letzte Mal so vor allen anderen in den Senkel gestellt hatte? Es musste doch einen anderen Ausweg geben! Andererseits, er konnte nicht wissen, wie weit die Münchner Soko Schnupftabak war. Dass diese sich schon in der Wasserburger Polizeiwache gemeldet hatte, noch bevor Herr Zwiebel vergiftet worden war, machte ihm zu schaffen.

27. Kapitel

Email von Bernd Faber (Soko Schnupftabak München) an Thomas Freymann (BKA Wiesbaden).

Sehr geehrter Kollege Freymann,

wie berichtet, gibt es einen neuen Fall von vergiftetem Schnupftabak in Bayern.

Opfer: Dieter Zwiebel, pensioniert, 68 Jahre alt, wohnhaft in Wasserburg/Inn, St-Benedikt-Str. 57, einem ruhigen Vorort. Gesundheitszustand: im Moment stabil.

Umfeld:
Ehefrau: Getrud Zwiebel, 63 Jahre alt, ehemalige Oberstudienrätin. Keine Kinder!

Zu beachten ist, dass Herr Dieter Zwiebel Mitglied in dem Verein „Schmalzler e. V." ist, der schon mehrfach wegen seiner radikalen Äußerungen zum bayerischen Brauchtum aufgefallen ist. Ein Zusammenhang, dass Herr Zwiebel gezielt für einen Anschlag ausgesucht wurde, konnte sich jedoch nicht erhärten.

Die Vorräte an Schnupftabak wurden uns ausgehändigt und befinden sich derzeit zur Analyse im LKA München. Es handelte sich dabei augenscheinlich um ein Päckchen Schnupftabak, welches die Ehefrau aus München (Geschäftsdaten folgen noch) mitgebracht hat.

Somit sollten sich die Ermittlungen m. E. wieder verstärkt auf das Münchner Umfeld konzentrieren.

Gez. Bernd Faber

Thomas Freymann las die Email auf seinem Handy und schüttelte leicht den Kopf.

28. Kapitel

Karin war nicht auf den Schock vorbereitet, der sie traf, als sie den Telefonhörer nach kurzem Klingeln abnahm.

„Kreiskrankenhaus Rosenheim, Dr. Paulson. Mit wem spreche ich denn?"

„Karin. Karin Müller." Tausend Gedankenblitze schossen ihr durch den Kopf. Das konnte nichts Gutes bedeuten. Und irgendwie wusste sie es: Florian! Mit Florian war etwas passiert.

„Es tut mir leid Ihnen mitteilen zu müssen", Karin wurde es fast schwarz vor Augen. Innerhalb so kurzer Zeit fast der gleiche Wortlaut, erst beim Tod ihrer Tante und jetzt …?, „dass Herr Florian Stadlhuber einen schweren Unfall hatte und bei uns über die Zentrale Notaufnahme aufgenommen wurde. Er konnte uns kurz Ihren Namen und Ihre Telefonnummer nennen."

„Was, was ist mit ihm?"

„Das dürfen wir Ihnen leider nicht sagen, soweit wir wissen, sind Sie keine Angehörige, oder?"

„Nein, aber …"

„Dann tut es mir sehr leid. Es wäre aber gut, wenn Sie schnell zu uns kommen könnten. Und wissen Sie, wo wir seine Angehörigen erreichen können?"

„Seine Eltern sind auf Mallorca wohnhaft. Ich kann sie aber anrufen. Ich muss sowieso ins Haus, um ein paar Sachen zusammenzusuchen. Er braucht doch sicher eine Zahnbürste und einen Schlafanzug, oder?"

Die Stille am anderen Ende der Telefonleitung zerriss Karin fast das Herz, bis Frau Dr. Paulson vorsichtig antwortete. „Es wäre gut, wenn sie schnell die Eltern anrufen und schnell zu uns kommen würden. Ihr Freund ist jetzt im OP und kommt dann auf die Intensiv. Dort bekommt er von uns alles, was er braucht. Wir tun wirklich unser Bestes!"

Karin legte wie betäubt den Hörer auf. Dann schnappte sie sich den Schlüsselbund und lief aus dem Haus.

Aus dem Augenwinkel bemerkte sie, wie Sebastian Salzinger soeben sein Motorrad aus der Garage schob. Für den hatte sie jetzt überhaupt keinen Nerv. Ihre Beine fühlten sich an, als würde sie auf Stelzen laufen. Sie hob nur kurz grüßend ihre Hand, während sie mit der anderen Hand versuchte, die Wagentür zu öffnen. Mit wenigen Schritten war ihr Nachbar bei ihr und betrachtete sie kritisch.

„Is was passiert?"

Karin schüttelte den Kopf, während ihre Hand so zitterte, dass sie den Schlüssel nicht ins Schlüsselloch der Autotür stecken konnte.

Kurzentschlossen nahm Sebastian Salzinger den Schlüssel an sich, packte sie an den Schultern und drehte sie zu sich. „WAS IST LOS?"

Karin stotterte. „Florian! Florian hatte einen Autounfall. Er wird gerade in Rosenheim operiert und dann, und dann, und dann …", schrie sie ihren Nachbar an, als wäre er schuld an dem Unglück, „kommt er auf die Intensivstation. Aber mir sagen sie nichts, weil ich nicht verwandt bin, aber ich soll seine Eltern anrufen und sagen, und sagen, …", schluchzte sie auf, „dass sie ganz schnell kommen sollen. Aber die Eltern leben auf Mallorca und vielleicht, vielleicht …" Sebastian hatte sie mittlerweile in die Arme genommen und drückte sie ganz fest an sich, „vielleicht stirbt er, aber doch nicht Florian! Florian kann doch nicht einfach sterben. Doch nicht Florian!", die letzten Worte flüsterte sie.

„Na, der stirbt auch net, der is a zäher Bursche.", ihr Nachbar strich ihr sanft über den Rücken. „Und jetzt bring i erst den Killer in mei Haus, dann fahrn wir beide ins Zuhause vom Florian. Sie ruafn die Eltern an und i bring Sie dann nach Rosenheim."

„Aber."

„Da gibt's koa aber! Sie glaubn doch net, dass Sie in dem Zustand fahrn kenna!" Er schob Karin sanft um das Auto zur Beifahrerseite, öffnete diese und setzte sie sanft hinein. Dann spurtete er los zu seinem Haus, öffnete die Tür. Ein Fingerzeig und Killer sprang ins Innere. „Da kost leider net mit. Sei brav." Damit schloss er wieder seine Haustür ab und sprang zurück zu dem Wagen, in dem Karin wie ein Häufchen Elend zusammengesunken saß.

Letztendlich übernahm Sebastian Salzinger die Führung, rief kurz die Eltern in Mallorca an und gab ihnen auch direkt die Telefonnummer der Intensivstation in Rosenheim durch, die er kurz vorher aus seinem Handy im Internet erfahren hatte. Er dachte daran Karin zu fragen, ob es Haustiere zu verpflegen gäbe und ob Florian Medikament nahm, von denen das Krankenhaus wissen müsste. Karin verneinte beides.

Sebastian schloss gewissenhaft Florians Behausung ab, begleitete Karin abermals zum Wagen und hielt sie dabei leicht am Ellbogen fest, als würde er befürchten, sie könnte umkippen. Dann fuhr er so schnell er konnte Richtung Rosenheim.

Erst viel später würde Karin registrieren, dass sie ohne die Hilfe ihres Nachbarn in dieser Situation völlig überfordert gewesen wäre. Er stellte im Krankenhaus die richtigen Fragen und geleitete sie zur Sitzgruppe, wo sie warten konnten, bis Florian aus dem OP kam. In diesen Stunden des Wartens war er irgendwann wie selbstverständlich vom „Sie" auf das vertrautere „Du" umgestiegen und Karin ließ es geschehen. Die Minuten vergingen wie in Zeitlupe und sie wäre durchgedreht, wenn sie das alleine hätte durchstehen müssen.

„Ihr kennt euch scho lange, oder?"

Das genügte, um Karin zum Sprechen zu bringen. Über ihre Kindheit in Wasserburg und Florian, der es zu dieser Zeit noch nicht leicht gehabt hatte. Von gemeinsamen Erlebnissen und wie sich die Wege für ein paar Jahre trennten, als Karin in die Welt hinauszog und Florian als einer der ganz Wenigen einen Ausbildungsplatz als Maskenbildner ergatterte.

Sie wollte gerade ansetzen und ihm von dem Mistkerl Kurt erzählen, als ein Arzt noch im OP-Kittel mit heruntergezogener Atemmaske auf sie zukam. „Sind Sie die Angehörigen von Herrn Stadlhuber?"

„Ja, ich", sagte Sebastian Salzinger ohne mit der Wimper zu zucken. „Ich bin sein Bruder."

Karin unterdrückte ein plötzlich unkontrolliert aufkommendes, hysterisches Auflachen. Die Ähnlichkeit ist doch unverkennbar. Doch der Arzt schluckte diese Angabe, ohne weiter nachzufragen.

„Ihr Bruder hatte unglaubliches Glück. Ein alter VW-Käfer hat nun einmal keine Knautschzonen. Sein rechtes Bein ist ziemlich zertrümmert und wir mussten den Knochen mit mehreren Nägeln fixieren. Zwei Rippen sind gebrochen, doch das ist nicht weiter dramatisch. Was uns Sorgen macht, ist die Kopfverletzung. Wir mussten die Schädeldecke öffnen, um den Druck zu verringern, die die

Gehirnschwellung verursacht hat. Er ist noch nicht über dem Berg."

„Wann wissen Sie mehr? Wird er es überleben, werden Folgeschäden bleiben?"

„Das ist wirklich schwer zu sagen, wenn er die nächsten vierundzwanzig Stunden ohne Komplikationen überlebt, stehen seine Heilungschancen sehr gut."

„Können wir zu ihm?"

„Ja, er kommt jetzt auf die Intensiv. Sie können dann zu ihm. Es wäre aber besser, wenn nur immer einer von ihnen beiden da wäre."

„Schatz, würde es dir etwas ausmachen, die erste Schicht zu übernehmen?" Wo hatte dieser Mann nur so zu schauspielern gelernt? Obwohl, und mittlerweile vergaß sie es zwischenzeitlich, war er ein Verbrecher und MUSS schauspielern, um nicht aufzufallen.

„Ja, natürlich."

„Gibst du mir dann die Schlüssel?"

„Die Schlüssel?"

„Ja, den Haustürschlüssel. Ich habe ihn leider vergessen und muss doch Streuner füttern, oder?"

„Ach so, ja natürlich." Sie kramte den Haustürschlüssel aus den Tiefen ihrer Jeans hervor und reichte ihn weiter. „Danke – äh – Schatz." Glücklicherweise verzichtete er auf einen Abschiedskuss. In dem Moment öffnete sich die Tür zur OP-Schleuse und ein Bett mit einer mit Bandagen vermummten Gestalt wurde herausgefahren. Karin nickte

Sebastian kurz zu, dann folgte sie dem Krankentransporter in die Intensivstation.

***

Herr Zwiebel dagegen war außer Lebensgefahr und wie die Analyse des Schnupftabaks ergeben hatte, war die Dosierung von Fentanyl und getrockneten Blüten des Trompetenbaums in erheblich reduzierterem Ausmaß im Schnupftabak entdeckt worden. Eisenhut war diesmal überhaupt nicht nachzuweisen gewesen, so dass das Gemisch zwar starke Halluzinationen und einen Kreislaufkollaps verursacht hatte, aber nicht tödlich gewesen war.

Der Patient befand sich auch bereits auf dem Weg der Besserung. In der Hand hielt er eine Genesungskarte des Vorstands des Schmalzler e. V., die mit warmen Worten um Verzeihung baten für die vergangenen Querelen und die Hoffnung aussprachen, er möchte doch recht bald wieder gesund werden und dem Schmalzler e. V. noch lange erhalten bleiben!

Herr Zwiebel lächelte glücklich.

***

Frau Zwiebel war indessen nicht geflüchtet, was sich als Fehler herausstellen würde. Das wusste sie nur noch nicht.

***

Karin harrte am Krankenbett aus. Florian war in ein künstliches Koma versetzt worden. Wie sie mittlerweile in Erfahrung gebracht hatte, war er mit seinem VW-Käfer hinter der Ortschaft Vogtareuth gefahren, als er von einem überholenden Fahrzeug so geschnitten worden war, dass er das Lenkrad herumreißen musste, um einen Frontalzusammenstoß zu vermeiden. Dabei war er an einen Baum geprallt und musste erst von der Feuerwehr aus seinem Wagen herausgeschnitten werden, bevor eine ärztliche Versorgung stattfinden konnte. Der rücksichtslose Fahrer, der den Crash verursacht hatte, war noch nicht ermittelt worden. Das war in Karins Augen erst einmal nebensächlich, Hauptsache, ihr Freund Florian würde es überleben.

Das Ehepaar Stadlhuber war auf dem Weg zu ihnen. Im Moment befanden sie sich wohl im Flugzeug und würden noch ein paar Stunden benötigen, bis sie da sein konnten.

„Möchten Sie nicht kurz Pause machen? Vielleicht etwas essen oder einen Kaffee trinken?" Alle Krankenschwestern, Ärzte und Pfleger waren unglaublich freundlich. „Wir können Sie kurz anrufen, wenn sich etwas an seinem Zustand ändert, Sie sind ja in zwei Minuten da."

„Nein, danke. Ich warte."

Eine andere Krankenschwester namens Sandra kam auf sie zu. „Ihr Mann hat gerade angerufen." Karin zuckte zusammen, „er ist gleich da und löst sie ab. Vielleicht gehen Sie ihm kurz entgegen?"

Stimmt, sie mussten die Farce ja vorläufig aufrechterhalten, bis Florians Eltern da waren. Und es sollte sich immer nur einer von ihnen an Florians Bett aufhalten.

Karin erhob sich und ging in den Schleusenbereich, wo sie sich die Schutzkleidung abstreifte. Dann betrat sie den langen Krankenhausflur. Tatsächlich, in kurzer Entfernung stand Sebastian Salzinger mit dem Rücken zu ihr an einem Fenster und telefonierte.

„Die Mischung ist jetzt fast perfekt. Wenn die so auf den Markt kommt, dann habe die Ehre!"

Stille.

„Hast Du die Daten, um die ich Dich gebeten habe?"

Stille.

„Das ist interessant. Wusste ich es doch! Da läuft noch etwas anderes!"

Sebastian Salzinger spürte plötzlich Karins Anwesenheit und klappte schnell sein Handy zu. Er drehte sich um und überlegte kurz, was sie gehört haben könnte. Nichts, woraus sie schließen könnte, um was es tatsächlich ging, befand er erleichtert.

Karin stand bleich und mit Schreck geweiteten Augen vor ihm. Der Unfall ihres Freundes machte ihr wirklich schwer zu schaffen.

„Na, Schatz. Wie geht's meinem Bruader?" Er schlang kurz seinen rechten Arm um ihre Schultern und sie zuckte zusammen, so dass er den Arm schnell wieder zurückzog.

Sie räusperte sich. „Unverändert."

„Du schaugst aus, als würdest du a weng Ruhe oder an starkn Kaffee brauchen."

„Sicher." Karin war speiübel.

„Dann schau i jetzt nach meinem *Bruder* und wart bis du wiada zruck bist, ja?" Er zwinkerte ihr verschwörerisch zu.

Karin nickte nur und wankte Richtung Damentoilette, wo sie sich schwer über das Waschbecken beugte. Als sie in den Spiegel blickte, erschrak sie selbst über ihr Aussehen. *Die wenigen Sätze von dem Telefonat, die ich mitbekommen habe, können alles Mögliche bedeuten,* dachte sie. Versuchte sie sich etwas vorzumachen? Ihr Nachbar war ihr in letzter Zeit mehr als einmal zur Hilfe geeilt. Dummerweise fing sie an Vertrauen zu fassen und das eine Mal, als er sie so fest in seine Arme geschlossen hatte, konnte sie einfach nicht vergessen. Als wenn ihr die Welt da draußen nichts anhaben und alles gut werden würde, so ein Gefühl war das gewesen. *Was für ein Mist, Mist, Mist!* Und soeben hatte er sie angesehen, als würde er sich auch ernsthaft Sorgen um sie machen. Konnte ein Drogendealer so sein? Auf der einen Seite fürsorglich sein und auf der anderen Seite anderer Menschen Leben zerstören?

Karin öffnete den Wasserhahn und ließ eiskaltes Wasser über ihre Hände rinnen. *In was für einem Dilemma stecke ich eigentlich,* fragte sie sich, um sich selbst gleich zu verbessern, *wieso Dilemma? Er ist ein Krimineller, schon vergessen? Bloß weil er deinen Zeh gekühlt und dir während deines Drogenrauschs geholfen hat, bist du doch zu nichts verpflichtet? Wahrscheinlich hält er mich auch nur für eine dumme Tussi.* So ganz glauben konnte sie es aber nicht – und wollte sie es auch nicht.

***

Frau Zwiebel wurde zu einem Gespräch in die Polizeistation Wasserburg gebeten. Mit einem leicht verärgerten Bernd Faber, der auf seinem Weg zurück nach München vom Kollegen Freymann gebeten – *gebeten!* – worden war, einmal das persönliche Umfeld von Herrn Dieter Zwiebel genauer zu prüfen, ob es sich um eine Nachahmertat handelte. Immerhin wären die Ingredienzen verändert worden und der Eisenhut, der noch nie in den Medien oder in einer Pressemitteilung erwähnt worden war, fehlte in der neuesten Zusammensetzung. Ergo, alles war möglich. „Wichtigtuer", knurrte Bernd Faber. Damit die „liebe Seele" des Kollegen jedoch Ruhe fand und er nicht wie ein Depp dastehen wollte, sollte der BKAler wider besseren Wissens doch Recht behalten, hatte er die Telefondaten zur Auswertung des Ehepaars angefragt. Und Erstaunliches zu Tage gefördert, so dass er sich erneut auf den Weg zurück nach Wasserburg machte.

Jetzt saß er zusammen mit dem Kollegen Habicht in einem der Vernehmungsräume, als Frau Zwiebel in den Raum hineingeführt wurde.

Irritiert sah sie sich um.

„Bitte nehmen Sie doch Platz, Frau Zwiebel. Wir hätten da noch ein paar Fragen. Möchten Sie einen Anwalt hinzuziehen?"

„Nein, warum", Frau Zwiebel gab sich forscher, als ihr zumute war, „ich habe doch nichts zu verbergen."

„Gut, wir nehmen das Gespräch auf, Sie haben doch sicher nichts dagegen? Oder?"

**

Florians Eltern waren endlich angekommen und standen fassungslos vor dem Intensivbett. Florian sah zum Gotterbarmen aus und war unter all dem Verbandszeug kaum zu erkennen. Heute sollte er aus dem künstlichen Koma zurückgeholt werden. Immerhin etwas.

„Ihr Sohn und ihre Schwiegertochter haben sich rührend um ihn gekümmert!" Schwester Sandra spürte das Entsetzen der Eltern und wollte etwas Zuversichtliches sagen. Der Vater reagierte jedoch überhaupt nicht, während die Mutter irritiert aufsah. „Ihr Sohn Sebastian und Ihre Schwiegertochter Karin", *wie viele Kinder hat diese Familie,* dachte Schwester Sandra kurz, *dass sie nicht wissen, welches ihrer Kinder sich um Florian kümmert?*

„Ah, Karin!" Immerhin beim Namen der Schwiegertochter gab es eine Reaktion. „Wo ist Karin?"

„Sie sitzt mit ihrem Sohn im Wartebereich. Es dürfen sich nicht so viele Angehörige im Intensivbereich aufhalten, tut mir leid."

„Schon gut. Norbert, bleibst du bei Flori? Ich gehe so lange und sehe nach Karin." Ihr Mann stand noch unter Schock und war dem Gespräch nicht gefolgt. Er nickte mechanisch, kein Wort kam über seine Lippen. *So ist es schon immer gewesen,* dachte er, *ich bin immer verstummt.* Auch als Flori ihnen mitteilte, dass er nur Männer lieben könne, auch als er ins Künstlermilieu wollte, auch als dieser Saukerl Kurt ihm das Geld aus der Tasche gezogen hatte. Eine stumme Vater-Sohn-Beziehung war das gewesen. Und jetzt? Jetzt lag sein Sohn da und noch konnte ihnen keiner sagen, ob er das überleben würde. Und ob es Folgeschäden geben würde.

„Diesmal halte ich zu dir!", mit Tränen in den Augen drückte Norbert Stadlhuber die Hand seines Sohnes. War das Einbildung gewesen, oder hatte es gerade einen kaum wahrnehmbaren Gegendruck gegeben?

***

„Wie beschreiben Sie eigentlich den Zustand Ihrer Ehe?" Bernd Faber von der Soko Schnupftabak lehnte sich auf seinem Stuhl zurück.

„Wie bitte?"

„Wie beschreiben Sie den Zustand Ihrer Ehe?", wiederholte Felix Habicht geduldig.

„Ja mei!"

***

„Karin!"

Karin schreckte aus der Sitzgruppe hoch. Gleichzeitig erhob sich ein muskulöser Mann mit Glatze.

„Frau Stadlhuber, das tut mir so leid. Ich bin sofort gekommen, als ich von dem Unfall erfahren habe."

„Aber sie ließen nur Familienangehörige zu ihm", ergänzte der Mann neben ihr.

„Ach, deshalb bist du jetzt meine Schwiegertochter und Sie mein Sohn", langsam ging Frau Stadlhuber ein Licht auf, *wie unwirklich das alles ist, aber doch irgendwie rührend, wie die Zwei sich um Flori gekümmert haben.* Sie musterte das Muskelpaket vor ihr etwas genauer, das sich nach ihrem ersten Eindruck jedoch mehr um Karin als um Florian sorgte. „Ich danke euch wirklich sehr."

„Holen sie ihn jetzt wirklich aus dem künstlichen Koma?" Karin sah sehr erschöpft aus.

„Ja, und wir sind jetzt da und werden die ganze Zeit bei ihm bleiben. Wir halten dich, Karin, telefonisch auf dem Laufenden. Fahrt nach Hause und ruht euch aus. Ich bin wirklich froh, dass du deinen Freund bei dir hast und diese ganze schlimme Zeit, erst der Tod deiner Tante und jetzt der Unfall von Flori, nicht allein durchstehen musst."

Karin schnappte kurz nach Luft, als wollte sie etwas sagen. Doch Frau Stadlhuber war mit ihren Gedanken bereits wieder am Krankenbett ihres Sohns, drückte beiden kurz die Hand und verschwand schnell hinter der großen Schiebetür der Intensivstation.

„Na dann, gemma. Du schaugst so aus, als müsstest du a paar Stunden schlafn."

Karin nickte nur und folgte Sebastian zum Parkplatz. Sie war wirklich so erschöpft, dass sie im Stehen einschlafen könnte. Jetzt war keine gute Zeit, sich Gedanken zu machen, wie es mit ihrem Nachbarn weitergehen sollte.

***

Frau Zwiebel gab nur preis, was sie unbedingt musste. Nach einem Anwalt hatte sie immer noch nicht gefragt. Sie hatte Angst, dies würde sie noch verdächtiger machen.

„Nochmals Frau Zwiebel, wir haben hier Zeit bis in alle Ewigkeit. Wie war ihre Ehe?" Bernd Faber hatte nun die Gesprächsführung übernommen.

„Wie soll eine Ehe nach über achtundzwanzig Jahren schon sein? Wir haben uns arrangiert."

„Das müssen Sie uns genauer definieren, was Sie mit „arrangiert" meinen."

„Na, zum Beispiel hat jeder seinen eigenen Bereich. Der Garten hinter dem Haus wird von Dieter gepflegt, der Garten vor dem Haus von mir. Wir haben getrennte Schlafzimmer, so was halt."

„Gehört ein Liebhaber auch zu ihrem „arrangieren"?"

„Was?"

„Ein Liebhaber!"

„Also, was Sie denken, ich hab' doch keinen Liebhaber. In meinem Alter!"

„Und ihre regelmäßigen Ausflüge nach München?"

Frau Zwiebel wollte antworten, doch der LKA-Mann fiel ihr direkt ins Wort. „Und kommen Sie uns jetzt bitte nicht, dass Sie nur ihre Freundin besucht haben. Die haben nämlich schon meine Kollegen aus München befragt und ihre Freundin hat zugegeben, dass sie nur als Alibi funktioniert, falls Ihr Mann komische Frage stellen sollte. Sie berichtete uns auch von einem Mann, mit dem Sie sich regelmäßig in München und Umgebung getroffen haben. Also."

„Des hab i doch nur gsagt, um mi a bisserl wichtig zu machen. Also, des mit dem Mann." Nie würde sie zugeben, dass sie sich einen zehn Jahre jüngeren Mann als Liebhaber leistete. Wenn das herauskam, könnte sie sich ja nirgendwo mehr blicken lassen.

„Und Sie sind nie in einem Hotel abgestiegen?"

„Doch scho."

„Und warum?"

„Ich brauch halt auch amal a bisserl Ruh' und Abstand."

„Sie geben den Liebhaber also nicht zu?" Frau Zwiebel schüttelte vehement ihren Kopf und Bernd Faber wandte sich einem anderen Thema zu.

„Wo haben Sie den Schnupftabak für ihren Mann denn gekauft?"

„In der Theatinerstrasse in München, wie immer. Dort können's gern nachfragen."

„War die Packung originalverpackt?"

„Ich glaub' schon, aber so genau habe ich sie mir nicht angesehen."

„Haben Sie eine Idee, wie das Gift in den Schnupftabak gekommen sein könnte?"

„Ich? Na, wirklich nicht!"

„Haben oder hatten Sie Kontakt zu Schmerzpflastern? Das sind sogenannte Betäubungsmittel-Pflaster, die Schwerstkranke zur Linderung ihrer Schmerzen bekommen?"

„Na, niemals!" Sie errötete leicht, durch einen Lügendetektortest wäre das jetzt nicht durchgegangen.

Glücklicherweise sprang Bernd Faber zum nächsten Thema. „Aber als ehemalige Oberstudienrätin im Fach

Chemie haben Sie doch das Wissen, wie man Giftstoffe extrahiert?"

„Ja mei, scho."

„Sie sind doch so eine passionierte Gärtnerin. Haben sie auch einen Trompetenbaum im Garten stehen?

„Nein!"

„Eisenhut?"

„Mei, keine Ahnung, in meinem Vorgarten machen sich die verschiedensten Pflänzchen ungefragt breit."

Die erste Vernehmung von Frau Zwiebel überzeugte den zuständigen Richter davon, eine Hausdurchsuchung beim Ehepaar Zwiebel in der St.-Benedikt-Straße zu veranlassen.

***

Karin erwachte und erschrak, als Sebastian am Steuer vor ihrem Haus hielt. Gegenüber stand ein Streifenwagen der Polizei und ein VW-Bus.

„Ist was passiert?"

„Ach des hast no gar net mitbekommen, du warst ja die ganze Zeit im Krankenhaus", Sebastian Salzinger blickte betont gleichmütig in Richtung der Polizeikräfte, um sie nicht ansehen zu müssen. „Der Herr Zwiebel hat wohl was von dem vergifteten Schnupftabak dawischt."

Und als Karin entsetzt lauf die Luft einzog, „Koa Sorge, es geht ihm scho wieder guat."

„Kann ich bitte meine Hausschlüssel wiederbekommen?"

„Ja freili, soll i di begleiten, du schaust wirklich so aus, als würdest du jeden Moment umkippn."

„Nein, nein, danke! Ich brauche jetzt nur ein Bett, um mich richtig auszuschlafen!"

„Soll i …"

„Nein", jetzt schrie Karin fast, schnappte sich den Haustürschlüssel, den Sebastian ihr hinhielt und stolperte aus dem Auto.

Sollte sie gleich hinüber zur Polizei laufen und sie nochmal erinnern, dass sie bereits einen anonymen Hinweis geliefert hatte, was ihren Nachbarn betraf?

Vorsichtig sah sie aus dem Flurfenster des ersten Stocks. Hier gab es den besten Überblick. Sebastian Salzinger stand noch vor ihrem Haus und schien zu überlegen. Keine Chance, jetzt – ohne dass er es mitbekam – sich an die Polizei zu wenden.

Sie merkte, dass ihr schwindelig war. Am besten, sie legte sich kurz hin und überlegte sich genau, wie sie weiter vorgehen sollte. Doch sobald ihr Kopf das Kissen berührte, fiel sie auch schon in einen tiefen Schlaf.

**

„Herr Lohmeier", dürften wir uns kurz mit Ihnen unterhalten?" Eine polizeiliche Abordnung, bestehend aus Bernd Faber, Felix Habicht und Sabine Schwenke, die hier noch etwas lernen sollte, stand vor der Haustür des ehemaligen Polizisten.

„Was gibt's denn? Werde ich verhaftet?", ein kleiner Scherz am Rande sollte seine Unsicherheit überspielen, ob es nun Konsequenzen haben würde, dass er das anonyme Schreiben nicht weitergereicht hatte.

Felix Habicht lächelte nur müde. Diesen doofen Standardspruch hätte er am wenigstens von seinem ehemaligen Kollegen erwartet. „Dürfen wir hereinkommen?"

„Na freilich, kommt's durch auf die Terrasse. Mögt ihr was trinken?"

Nachdem Herr Lohmeier etwas umständlich Gläser und zwei Flaschen Mineralwasser auf den Terrassentisch gestellt hatte, übernahm der Mann aus der Soko die Gesprächsführung.

„Herr Lohmeier. Wie Sie sicherlich schon mitbekommen haben, gab es im Nachbarhaus, einen Vorfall mit vergiftetem Schnupftabak. Wir müssen hier allen Hinweisen nachgehen."

Sabine Schwenke bemerkte wohl als einzige, dass der Angesprochene nervös an einer Serviette zupfte und unruhig auf seinem Stuhl hin und her rutschte.

Soll ich jetzt aufstehen und das anonyme Schreiben holen, überlegte er krampfhaft, das wäre jetzt eine gute Gelegenheit, um noch irgendwie aus der Sache herauszukommen.

„Du bist ja ein guter Beobachter", Felix Habicht übernahm nun das Wort, „ist dir etwas aufgefallen, was ungewöhnlich war? Oder hast du Streitereien zwischen den Eheleuten gehört?"

„Ja schon. Ich meine jetzt keine Streitereien. Aber zusammen gepasst haben die nicht mehr. Schaut euch nur mal den Garten an! Das sagt doch alles. Der Garten hinter dem Haus, der wird von ihm bewirtschaftet. Ordentlich! Ordentlich! Während der vordere Bereich völlig verwildert ist. *IHR* Ökogarten! Dass ich nicht lache!"

„Und sonst, nichts?"

„Ja doch, wartet mal. Vor ein paar Wochen kam da einmal morgens so ein geschniegelter Typ mit einem 5er BMW vorgefahren und hat zu nachtschlafender Zeit – also zu nachtschlafender Zeit für die Zwiebels, wohlgemerkt – etwas abgegeben."

„Du weißt aber nicht mehr, wann genau …", begann Felix Habicht.

„Natürlich, ich kann es euch auf den Tag und die Uhrzeit genau sagen." Eifrig sprang Herr Lohmeier auf, um sein kleines Notizbüchlein zu holen.

Sabine Schwenkes Interesse galt plötzlich etwas anderem „Ist das da hinten nicht ein Trompetenbaum?" Herr Lohmeier stoppte auf dem Weg in sein Haus.

„Ja. Das ist jetzt nicht mein Fall. Ich bin ja auch mehr für die einheimische Fauna."

„Aber?"

„Aber?"

„Warum dann der Trompetenbaum?"

„Meine Frau hat diese Pflanzen geliebt."

„Ihre Frau? Wo ist sie denn?", fragte Bernd Faber, der über die familiären Zusammenhänge der Lohmeiers nicht informiert war.

„Sie ist vor kurzem verstorben", klärte Felix Habicht seinen Kollegen auf.

„Bauchspeicheldrüsenkrebs." Peter Lohmeier spürte wieder die Hilflosigkeit, mit der er der Erkrankung und dem Tod seiner Ehefrau gegenübergestanden hatte. „Es war für sie eine Erlösung, als sie endlich sterben konnte."

Bernd Faber ließ kurz einen Blick Richtung Zwiebels Grundstück schweifen. „Dann hätte ich nur noch eine ganz kurze Frage. Hatten oder haben sie Schmerzpflaster im Haus?"

***

Karin hatte Stunde um Stunde geschlafen und war nachts nur einmal aufgestanden, um Streuners Fress- und Wassernapf frisch aufzufüllen, sich die Zähne zu putzen, um dann wieder in ihr Bett zu wanken. Am nächsten Morgen klingelte ihr Handy und sie fühlte sich bereits wieder als vollwertiger Mensch, als sie das Gespräch entgegennahm. Es war Klara.

„Mein Gott, das ist ja entsetzlich! Ein Drogenlabor direkt neben dir!"

Drogenlabor? War Sebastian verhaftet worden, während sie schlief? Ein kleiner Stich in der Herzgegend. *Hatte die Polizei nun doch auf ihre anonyme Anzeige reagiert?* Wieder ein kleiner Stich in der Herzgegend.

„Wer hätte das gedacht?" Klara war ernsthaft entsetzt.

„Ja, man steckt nicht in einem anderen Menschen drin, nicht?", antwortete Karin etwas lahm.

„Aber Frau *ZWIEBEL*?"

Zwiebel, wieso denn Frau Zwiebel?, jetzt verstand Karin überhaupt nichts mehr.

„Hast du überhaupt nichts mitbekommen? Das Haus der Zwiebels wurde doch auf den Kopf gestellt?"

„N … Nein, ich war doch in Rosenheim im Krankenhaus. Florian hatte einen schweren Unfall."

„Was, Florian? Das musst du mir erzählen, wie geht es ihm denn?" Doch bevor Karin antworten konnte, musste Klara auflegen. „Hilfe, hier kommt gerade eine Reisegruppe rein, ich melde mich bei dir, sobald ich kann. Ciao!"

Bevor sich Karin wundern konnte, klingelte ihr Handy abermals. Florians euphorisch wirkende Mutter war am Apparat. „Gute Nachrichten. Er ist aus dem Koma erwacht und wie es aussieht, hat er seinen Humor nicht verloren. Die Ärzte sind alle sehr positiv. Komm doch demnächst wieder einmal vorbei. Er freut sich darauf." Undeutliches Genuschel war am anderen Ende zu hören. „Hast du gehört, Karin? Wir haben Flori erzählt, dass er einen Bruder hat und soeben hat er geflüstert, du sollst ihn mitbringen."

Karin schloss kurz die Augen.

***

„Frau Zwiebel, das hat doch alles keinen Zweck!"

Die Verdächtige hatte eine ungemütliche Nacht in der kleinen Zelle auf dem Polizeirevier verbracht. Mittlerweile war auch ihr Rechtsanwalt anwesend. Auch er hatte versucht ihr klarzumachen, dass es günstiger für sie wäre, ein Geständnis abzulegen.

„Also nochmal: Sie wollten ihren Mann beseitigen, um sich mit ihrem Liebhaber anschließend ein schönes Leben zu machen. Sie verfügen als ehemalige Oberstudienrätin in Chemie über das Wissen, wie sie die Drogenmischung herstellen können. Und es sprechen einige Indizien dafür, dass sie genau das getan haben:

Erstens! Sie hatten Zugang zu den verbrauchten Schmerzpflastern ihrer mittlerweile verstorbenen Nachbarin. Herr Lohmeier hat angegeben, dass er ihnen diese mitgeben hat, als sie ihm anboten, diese in die Apotheke zu bringen. Zweitens! In ihrem Vorgarten steht Eisenhut. Drittens! An die Blüten des Trompetenbaums ihres Nachbarn konnten Sie ohne Probleme herankommen. Viertens! Und das „Viertens" ist entscheidend. In einem ihrer verschlossenen Kellerräume haben wir die Vorrichtungen gefunden, um das Fentanyl aus den Schmerzpflastern zu extrahieren. Bunsenbrenner, Destillierkolben mit Auffangrohr, alles vorhanden! Ihr Leugnen hat doch keinen Sinn!"

29. Kapitel

Email von Bernd Faber (Soko Schnupftabak München) an Thomas Freymann (BKA Wiesbaden).

Sehr geehrter Kollege Freymann,

wir sind Ihrer Vermutung nachgegangen und sind tatsächlich auf eine heiße Spur gestoßen. Es scheint der Fall zu sein, dass es sich bei dem vergifteten Schnupftabak um ein persönliches Motiv handelt. Ein politisches Ziel oder eine neue Form des Drogenhandels können wir höchstwahrscheinlich ausschließen.

Frau Getrud Zwiebel hatte Motiv und Gelegenheit, die Drogenmischung herzustellen. Wir vermuten, dass sie die vorangegangen Fälle an vergiftetem Schnupftabak nutzte, um das persönliche Motiv zu vertuschen.

Allerdings sind noch einige Ungereimtheiten offen.

1. Die Drogenmischung im Falle ihres Ehemannes, war deutlich reduziert in den Inhaltsstoffen Fentanyl und den getrockneten Trompetenbaumblüten, so dass diese nicht tödlich waren. Der Eisenhut fehlte gänzlich.

2. Frau Zwiebel hatte selbst den Notarzt gerufen, der schnell den Kreislauf von Herrn Zwiebel stabilisieren konnte.

3. Im Untergeschoß des Hauses haben wir zwei verschlossene Kellerräume vorgefunden. In dem einen konnten wir eine große Anzahl von kopierten Verträgen, Kontoauszügen und diversen Schriftzügen sicherstellen. Mittlerweile hat Frau Zwiebel gestanden, ihren Mann verlassen zu wollen und dass sie die nötigen Unterla-

gen dazu gesammelt hat. Sie bestreitet jedoch vehement, etwas von dem „Drogenlabor" im zweiten Keller gewusst zu haben. Dieser Raum „gehörte" ihrer Aussage nach ihrem Ehemann und sie ist davon ausgegangen, dass sich dort seine Eisenbahnlandschaft befinden würde. Den Zugang dorthin habe ihr Mann ihr schon vor längerer Zeit verboten.

Wir halten dies für eine Schutzbehauptung und hoffen, dass Frau Zwiebel ihre Aussage noch überdenken und ein umfassendes Geständnis ablegen wird.

Gez. Bernd Faber

Aber Thomas Freymann wäre nicht Thomas Freymann, wenn er nicht noch über eine andere Möglichkeit nachdenken würde.

30. Kapitel

Sabine Schwenke klopfte kurz an die Tür des Vernehmungsraums, bevor sie eintrat. „Könnte bitte einer von euch mal kurz rauskommen?"

Sowohl Felix Habicht als auch Bernd Faber blickten unwillig auf. Während eines Verhörs gestört zu werden, war mehr als störend.

„Muss das sein?", die Verärgerung war deutlich zu hören.

„Ja, leider. Da gibt's was Neues im Fall …", sie sah Richtung Frau Zwiebel, die interessiert aufsah. Ein Funken Hoffnung war in ihren Augen zu erkennen.

„Na, dann machen wir eine kurze Pause." Felix Habicht beendete das Verhör, indem er noch Datum und Uhrzeit ins Aufnahmegerät sprach, bevor er es ausschaltete.

Als sie im Flur standen und das Vernehmungszimmer geschlossen hatten, zischte er die junge Polizeianwärterin an: „Zefix, was soll das, du weißt doch, dass so eine Unterbrechung das gesamte Verhör zunichtemachen kann!"

„Ja, ich weiß, aber im Eingangsbereich ist eine Nachbarin von Frau Zwiebel, die behauptet, dass sie es nicht war, sondern ein anderer Nachbar. Sie habe zwei Telefonate belauscht, aus denen hervorging, dass dieser mit Drogen handelt."

„Das wäre jetzt aber ein großer Zufall", räumte Felix Habicht ein, „wer soll denn dieser Nachbar sein?"

„Sebastian Salzinger." Eine gewisse Genugtuung konnte sie aus ihrer Stimme nicht heraushalten. Immerhin hatte sie ihr Vorgesetzter so was von angeblökt, nachdem sie dem Hinweis von Herrn Lohmeier nachgegangen war und die Personalien von Sebastian Salzinger überprüft hatte. Da musste sich jetzt vielleicht der Herr Hauptkommissar bei der Polizeianwärterin entschuldigen, wenn´s jetzt doch zur richtigen Spur führte, oder?

Bei Herrn Hauptkommissar Habicht fügten sich jedoch einige Puzzleteilchen zusammen, die ganz allmählich ein ganz anderes Bild ergaben. Ein ganz anderes Bild!

„Verehrter Kollege, bevor wir zu der neuen Zeugin gehen, komm' doch mal mit in mein Büro." Die beiden verschwanden und hielten die Bürotür geschlossen. Als diese wieder aufging, rang Bernd Faber offensichtlich noch mit der Fassung.

Anschließend beorderten sie Karin Müller in ein noch leerstehendes Verhörzimmer, boten ihr einen Kaffee an und schwiegen beharrlich, bis Karin Müller ihnen von den Telefonaten und dem Schauspiel in der Murner Filzen berichtet hatte. Dabei sah die Zeugin kreuzunglücklich aus und auf die Frage, ob sie Herrn Sebastian Salzinger näher kennengelernt hatte, kam Frau Müller gehörig ins Stottern. Erzählte etwas von dem dicken Zeh, den er verbunden hatte und wie er ihr geholfen hatte, einen verunglückten Freund in Rosenheim ausfindig zu machen. Irritationen löste die Frage aus, weshalb sie sich nicht schon früher mit ihrem Verdacht an die Dienststelle gewandt habe. Die Zeugin druckste etwas verlegen herum und rechtfertigte sich damit, dass eben dieser verunglückte Freund ein anonymes Schreiben bei der Polizei eingeworfen hatte. Schon vor Wochen! Bernd Faber sah seinen Kollegen fragend an, der ungläubig den Kopf schüttelte. Von einem anonymen Schreiben wusste er nichts, allerdings erinnerte er sich an einen Zettel auf dem der Name Sebastian Salzingers stand und an seinen Ex-Kollegen, der unbedingt eine Personenabfrage dazu machen wollte. Ob es da einen Zusammenhang gab?

Sie bedankten sich vielmals bei Frau Müller und baten, dass sie sich bereithielt, sollten sie noch Fragen haben.

Frau Karin Müller wirkte immer noch kreuzunglücklich und schlich mit hängenden Schultern aus der Polizeiwache. Ihre Augen brannten und sie konnte kaum die Tränen zurückhalten, als sie die Stufen herunterlief.

***

„Und nun, Herr Kollege?", feixte Kriminalhauptkommissar Habicht.

Bernd Faber grinste grimmig zurück. „Jetzt holen wir ihn direkt ab, den *Herrn Sebastian Salzinger.*"

31. Kapitel

Sebastian Salzinger wusste, dass er aufgeflogen war, als er den Streifenwagen vor seinem Haus entdeckte und die zwei Polizisten auf seine Haustür zukommen sah.

Schon seit längerem ahnte er es, dass sich sein Leben früher als geplant völlig umkrempeln würde. Aber so?

Er öffnete die Tür, die beiden Kriminalbeamten standen direkt vor ihm und ihr Blick ließ keine Zweifel offen.

„Na, wer oder was hat mich verraten?"

Die beiden Polizisten lächelten nur. Sein Blick wanderte etwas wehmütig zum Nachbarshaus. „War es die Kleine?"

Er erhielt keine Antwort, aber auch so war ihm klar, dass es so gewesen sein musste. *Respekt,* dachte er. „Killer nehme ich mit."

„Mit Maulkorb kein Problem. Es ist ja nur eine Befragung.", der Beamte der Soko Schnupftabak grinste süffisant, während Sebastian Salzinger Killer den Maulkorb anlegte, ihn an die Leine nahm, seine Haustür abschloss und den beiden Polizeibeamten in den Streifenwagen folgte. *Immerhin legen sie mir keine Handschellen an,* dachte Sebastian, *ich hätte mir diesen Spaß nicht entgehen lassen.*

***

Der Anruf von der Polizeiwache Wasserburg kam schneller, als Karin erwartet hätte. Ob sie denn Zeit für eine kurze Gegenüberstellung hätte?

Karin, die gerade zur Beruhigung ihrer Nerven den Inhalt eines riesigen Eisbechers mit Sahne in sich hineinschaufelte, musste schwer schlucken.

Ob es denn nicht später ginge?

Nein, leider nicht. Wäre auch nur ganz kurz.

Na gut, machte sie sich also wieder zurück auf den Weg zur Polizeiwache. Bei Gegenüberstellungen war es glücklicherweise ja so, dass diese über eine Spiegelscheibe erfolgten, so dass die Verdächtigen die Zeugen nicht sehen konnten. Es würde ihr schon nichts passieren und je eher sie diese ganze leidige Angelegenheit hinter sich gebracht hatte, desto besser.

Die junge Polizistin, die sie schon das erste Mal im Empfang genommen hatte, öffnete ihr abermals die Tür und führte sie in den Vernehmungsraum, in dem sie auch schon das letzte Mal gesessen hatte.

Doch diesmal war er nicht leer. Am anderen Ende des Tisches saß Sebastian Salzinger und bedachte sie mit einem tiefen, ernsten Blick. Sie schnappte nach Luft. Jetzt würde es sehr unangenehm werden. Auch ihre Einbrüche ins damals noch versiegelte Haus und ihre Haschischparty würden nun ans Licht kommen. Aber was hätte sie tun sollen? Sich eingestehen, dass sie in diesen Muskelpack mittlerweile verliebt war? In deinen Drogendealer? So tief wollte sie nicht sinken. Der Liebeskummer würde schon irgendwann wieder vergehen. Aber es brach ihr fast das Herz.

Die Tür vom Vernehmungszimmer ging auf. Bernd Faber trat allein ein.

„Wir hätten da noch ein paar Fragen an Sie, Frau Müller. Danke, dass Sie so schnell kommen konnten."

„Grmpf", mehr war aus Karins trockener Kehle nicht herauszubekommen.

„Oh, entschuldigen Sie, darf ich vorstellen: Mein Kollege Thomas Freymann vom Bundeskriminalamt Wiesbaden".

Karin ließ ihren Blick durch das Verhörzimmer wandern. Doch da gab es nur eine einzige Person, die damit gemeint sein konnte.

32. Kapitel

Soko Schnupftabak ermittelt Täter

Wie aus gut unterrichteter Quelle bekannt wurde, ist der Täter, der den vergifteten Schnupftabak in Umlauf gebracht hat, gefasst. Angaben zum Täter wurden aus ermittlungstechnischen Gründen noch keine gemacht, doch verdichten sich die Hinweise, dass es sich um einen Racheakt handelte.

Hierbei ging es wohl nicht um eine Sabotage der heimischen Schnupftabakindustrie, sondern um einen persönlichen Rachefeldzug, der dem Täter völlig entgleiste.

Hintergrund – so unser bisheriger Kenntnisstand – ist der Tod einer Frau, die an Brustkrebs verstarb. Die Diagnose Brustkrebs hat heutzutage eine Heilungschance von 84 %, was den Ehemann der Verstorbenen zu der Vermutung führte, dass nur ein Behandlungsfehler zum Tod seiner Ehefrau geführt haben konnte. Die letzten Tage vor ihrem Versterben verbrachte die Frau wohl – trotz palliativmedizinischer Behandlung - in einem sehr aufgewühlten und nicht mehr ansprechbaren Zustand, was dem Ehemann zusätzlich sehr belastete und traumatisierte. Hier verfestigte sich wohl der Wunsch nach Rache gegenüber dem Chefarzt Prof. Dr. Dr. med. W., welchen er für den Tod seiner Ehefrau verantwortlich zeichnete.

Der Ehemann, der bis dato psychisch als unauffällig galt, extrahierte aus einem Schmerzpflaster das Fentanyl, vermischte es mit weiteren hochgiftigen Pflanzen und versetzte diese Mischung einem Päckchen Schnupftabak, welches er dem Chefarzt schenkte. Angeblich soll es nicht seine Absicht gewesen sein, den Chefarzt zu töten, sondern ihn nur in einen ähnlichen Zustand zu versetzen, wie ihn seine Ehefrau kurz vor ihrem Tod erleben musste.

Dann verselbstständigte sich die Tat. Der Chefarzt Prof. Dr. Dr. med. W. verschenkte das Päckchen mit dem vergifteten Schnupftabaks weiter an einen alten Studienfreund, der Oberstudienrat a. D. in W. ist. Dieser entnahm unglücklicherweise einen Teil des vergifteten Schnupftabaks, und verschenkte ihn – hübsch verpackt in eine kleine Schnupftabakdose – weiter an Roland K..

„Des sollte doch nur a Spaß sein", wird der Oberstudienrat zitiert, „da Roland hat a neue Gspusi ghabt und i hab, oiso ganz zufällig, in seinem Bad a Packerl mit die blauen Pillen gfunden. Destawegn hab i erm die „natürliche" Potenzsteigerung in Form von am gscheidn Schnupftabak zukemma lassen."

Wie die Obduktion von Roland K. ergeben hat, litt dieser an einer Herzmuskelschwäche und hatte zum Zeitpunkt seines Todes, neben mehreren Prisen des vergifteten Schnupftabaks mindestens zwei der blauen Pillen geschluckt. Ob genau der vergiftete Schnupftabak die Todesursache des Roland K. war, ist leider nicht mehr im Detail nachweisbar.

Dennoch zeigt sich Oberstudienrat a. D. aus W. betroffen und macht sich persönliche Vorwürfe „dass i da net selba an Zusammenhang gsehn hab", als er den Schnupftabak in der Schiefen Mühle an seine Stammtischbrüder ausgab und was zu einem stationären Aufenthalt aller in der nahe gelegenen Klinik geführt hatte (der Bayerische Bote berichtete).

Die Brüder Bachmeier, Erfinder des Schnupftabak-Dosier-Geräts „Schnupfler" reagierten in einer ersten Stellungnahme erleichtert auf die Ergreifung des Täters. Herr Alois Brandner, Vorsitzender des Schmalzler e. V. und Prof. Dr. Dr. med. W. waren für einen Kommentar nicht zu erreichen.

Der Täter befindet sich zurzeit in einer Psychiatrischen Klinik. Die Soko Schnupftabak hat für Mittwoch eine Pressekonferenz angesetzt.

Der Bayerische Bote wird weiterhin für Sie berichten.

Florian ließ die Zeitung sinken, als sich die Tür zum Krankenzimmer leise öffnete und Karin den Raum betrat. Blass und abgehärmt sah sie aus.

Er war mittlerweile auf einer Normalstation untergebracht. Es würde noch einige Wochen dauern, bis alles verheilt war, doch er befand sich eindeutig auf dem Weg der Besserung.

„Wie geht es dir heute?", fragte sie, während sie ein paar Bücher aus ihrer großen Umhängetasche angelte und auf seinen kleinen Rollcontainer neben dem Bett stapelte.

„Na hervorragend, das siehst du doch. Die Prellung im Gesicht wechselt gerade von der Farbe Lila in schimmerndes Grün. Hast du zufällig an einen Abdeckstift gedacht?" Karins Gesicht sprach Bände, „Ach, da frage ich wohl wieder einmal die Falsche."

„Zugegebenermaßen siehst du aus wie ein Zombie. Aber du kannst ja sowieso nicht vor die Tür, so wie du eingegipst bist."

„Es gibt da einen ganz süßen Pfleger", begann er, stoppte dann aber mit seinen Ausführungen. Er seufzte. *Kein Ablenkungsmanöver mehr,* dachte er, *irgendwann müssen wir es ja ansprechen.*

„Hast du das schon gelesen?", fragte er, während er auf die Zeitung, die immer noch ausgebreitet auf seinem Bett lag, deutete. „Damit ist *mein* Bruder wohl aus dem Schneider."

„Hm."

„Komm setz' dich auf meine Bettkante". Nachdem Karin seufzend seiner Bitte nachgekommen war, ergriff er ihre Hand. „Sieh' doch einmal die komische Seite, dein Drogendealer ist ein verdeckter Drogenfahnder beim BKA! Das ist doch schon einmal besser, als wenn er tatsächlich ein Drogendealer wäre, oder?"

„Hm."

„Hast du ihn wieder getroffen, wie geht es weiter mit dir und Sebastian, oder soll ich besser sagen, mit Thomas?"

Karin schluckte schwer, „ich weiß es wirklich nicht. Ich habe ihn nicht mehr gesehen, seit dieser peinlichen Begegnung auf der Polizeiwache." Dabei verschwieg sie geflissentlich, dass sie ihm absichtlich aus dem Weg ging. Noch immer trieb es ihr die Schamesröte ins Gesicht, wenn sie an ihn dachte. Und sie dachte oft an ihn. Eigentlich ständig.

Dabei suchte Thomas Freymann durchaus den Kontakt zu ihr. Gestern Abend beispielsweise hatte sie beobachtet, wie er mit einem kleinen Päckchen zu ihr herüberkam und klingelte. Was er ihr wohl bringen wollte? Wieder fiel ihr die Geschichte mit dem zerfetzten Tanga ein. *Er wird doch nicht?,* dachte sie, schlich auf leisen Sohlen in die erste Etage und reagierte nicht auf sein Klingeln.

„Es ist so peinlich, ich traue mich überhaupt nicht mehr aus dem Haus! Was soll ich denn jetzt machen? Ich ziehe um!"

„Hallooo, bloß nicht! Du wirst ihn doch jetzt nicht aus deinen Krallen lassen?" Karin schnaubte nur kurz auf, bevor Florian weitersprach, „du bist schwer verliebt. Das sieht doch ein Blinder mit Krückstock."

„Ach was, na ja, vielleicht. Kann sein. Aber das wird doch sowieso nichts, der lacht sich doch kaputt über mich und wahrscheinlich will er nach dem Ganzen nichts mehr mit mir zu tun haben."

„Das glaube ich nicht. Ich werde einmal mit ihm reden. Immerhin ist er mein Bruder, da kann ich ihm doch ins Gewissen reden!", er zwinkerte Karin zu, „wenn ich daran denke, dass ich ihn gefragt habe, ob er weiß, wo es in Wasserburg Gras zu kaufen gibt? Du bist also nicht die einzige, die sich überdimensional blöd angestellt hat." Wieder kicherte Florian und verzog dabei schmerzhaft das Gesicht.

„Was hast du gemacht?"

„Das erzähle ich dir später einmal. Aber jetzt bist erst einmal du dran. Ich war ja die ganze Zeit mit Schmerzmitteln vollgepumpt und habe, wenn überhaupt, nur etwas wie unter dichtem Nebel mitbekommen. Du warst auf der Polizeistation in Wasserburg und hast den BKA-Mann Thomas Freymann als Drogenkurier identifiziert", Florian konnte ein Grinsen nicht unterdrücken und plötzlich fand auch Karin die ganze Situation, in der sie gesteckt hatte, urkomisch und sie begann zu kichern. „Na ja, die *Gegenüberstellung* ging sehr schnell und ich war in Nullkommanichts wieder aus der Polizeiwache verschwunden. Zu der Zeit galt aber noch Frau Zwiebel als Verdächtige."

„Ich wusste ja schon immer, dass dunkle Abgründe hinter den biederen Fassaden der Wasserburger stecken", Florian seufzte wohlig auf, „hat sie wirklich versucht, ihren Mann um die Ecke zu bringen? Wie ist sie an den vergifteten Schnupftabak herangekommen? Oder hat sie ihn selbst hergestellt? Als ehemalige Chemie-Lehrerin kann sie das bestimmt."

„Während ich die Polizeistation verlassen habe, hörte ich noch wie einer von den anderen Polizisten meinte, dann wäre Frau Zwiebel ja wieder die Hauptverdächtige. Und Thomas, ich meine dieser Herr Freymann, antwortete, es gäbe noch eine andere Möglichkeit. Eine, an die überhaupt noch niemand gedacht hatte."

„Die da wäre?"

„Keine Ahnung. Ich kann dir nur berichten, dass heute ein großer Umzugswagen vor Zwiebels Haus gestanden hat. Was das jetzt genau bedeutet, kann ich dir nicht sagen. Aber Frau Zwiebel kann es ja nicht gewesen sein, in der Zeitung steht doch, dass es ein Racheakt eines Ehemanns war, dessen Frau an Krebs verstorben ist."

„Hast du Herrn Lohmeier in letzter Zeit gesehen?"

„Du lieber Himmel, nein, aber du glaubst doch nicht im Ernst, dass Herr Lohmeier? Also ich meine, Herr *Lohmeier!* Der war doch Polizist?"

Karin schüttelte vehement den Kopf. Obwohl, wenn sie so recht bedachte, irgendwie eigenartig war der Nachbar schon.

„Hm, da werden wir wohl das BKA befragen müssen, oder?" Im Gegensatz zu Karin, die mit dem Rücken zur Tür saß, bemerkte Florian, wie sich diese öffnete und Thomas Freymann leise eintrat.

„Was wollt's das BKA fragen?"

Karin zuckte zusammen, während sie sich umdrehte und sich erschrocken nach einem Fluchtweg umsah. Florian bemerkte dies und legte beruhigend eine Hand auf die ihre.

„Wir wollen Details, *Bruder!*"

„Und i brauch' a Vasn", *the Body* sah sich suchend um und wedelte mit einigen Margeriten, die er wohl am Straßenrand gepflückt hatte und die nach der Motorradtour nach Rosenheim nur noch ansatzweise Blütenblätter aufwiesen.

„Oh wie hübsch, eine Schwester draußen auf dem Flur, kann bestimmt eine Vase organisieren." Karin machte Anstalten sich zu erheben, doch Florian hielt sie eisern fest. Während Thomas nochmals das Krankenzimmer verließ, zischte Florian Karin zu „du bleibst hier, das stehen wir jetzt gemeinsam durch! Außerdem will ich wirklich wissen, was in Wasserburg jetzt eigentlich los war."

Thomas Freymann kam zurück. „So, jetza." Aus dem weißen Plastikgetüm namens Vase staksten einige zerrupfte Blütenstängel hervor. Der BKA'ler platzierte sie auf einem Beistelltisch und schlenderte die paar Schritte auf Florians Krankenbett zu. Dabei stemmte er seine beiden Hände in die Hüften und bedachte Karin mit einem intensiven Blick. „Hab' i mir denkt, dass i hier mei Eheweib find, die i sonst nimmer sig."

Florian seufzte.

Karin schluckte.

„Vielleicht kennt ma amal redn? Wär des net a Anfang?"

Karin wusste immer noch nicht so recht, wohin sie ihren Blick wenden sollte und entschied sich für ihren, mittlerweile pflasterfreien, großen Zeh. Sie musste sich zusammenreißen, sonst tat sie sicherlich etwas völlig Unkontrolliertes. Sich in Thomas Arme werfen, zum Beispiel. Und das wäre dann ja wohl die Krönung aller Peinlichkeiten, wenn sie schluchzend an seiner Schulter klebte.

Florian rettete sie aus ihrer seelischen Not und nahm das Gespräch wieder auf.

„Reden, wie wunderbar! Also, ich bin erst einmal für die Fakten, was jetzt eigentlich los war, wieso du nach Wasserburg gekommen bist, wer der Täter ist, wer Herrn Zwiebel vergiftet hat und …"

„Stopp! Jetzta eins nach dem andern! Also, im Keller der Zwiebels hat die Polizei tatsächlich Utensilien gefunden, um aus den Schmerzpflastern das Fentanyl heraus zu extrahieren und anschließend so lange zu bearbeiten, bis es bröselig wird."

„Dann hat Frau Zwiebel versucht, ihren Mann um die Ecke zu bringen?"

„Na."

„Nicht?"

„Na. Der Herr Zwiebel war's selber."

Florian lehnte sich in seinem Bett zurück. „Dann versteh' ich überhaupt nichts mehr."

„So was kimmt von so oana reißerischen Berichterstattung, wie beim Bayerischen Boten und im Radio. Der Herr Zwiebel wollte Aufmerksamkeit erregen."

„Tja, in der Ehe von den Zwiebels ist es schon seit Jahren schlecht bestellt."

„Na, net ganz. Er wollt jetzt nicht Aufmerksamkeit bei seiner Frau wecken, obwohl er mitbekommen haben müsste, dass sie fremdgeht, sondern Mitleid beim Schmalzler e. V., die ihn wohl an die Luft gesetzt hatten."

„Hä?"

„Des is jetzt aber ganz vertraulich, was ich euch sag, gell?"

Florian beugte sich aus seinem Bett und die Köpfe der Drei rückten konspirativ näher. „Herr Zwiebel war Kassenwart des Schmalzler e. V. und bei einer Prüfung der Kasse fehlten 53 Cent, deshalb ham's ihn ausgeschlossen. Des hat er net verkraftet."

„Das gibt's doch nicht", flüsterte Karin.

„Doch, leider. Jetzt tut's dem Schmalzler e. V. aber leid und der Vorsitzende, der Herr Brandner hat ausrichten lassen, so ein Ausschluss aus dem Verein würd' nimmer vorkommen."

„Dann ist er jetzt wieder Kassenwart? Hat sich sein Einsatz, der ihm das Leben hätte kosten können, also gelohnt?" Florians Kopf rückte etwas ab, so dass nur noch Karin und Thomas eng beieinandersaßen.

„Na, a net. Er is jetzt in der Psychiatrie zur Beobachtung. Aber des Zeug, was er sich zusammen gemischt hat, hätt' nie zum Tod g'führt."

Karin wurde nun einiges klar und wieder schoss heiße Röte in ihr Gesicht. Das war es also gewesen, um was es bei den belauschten Telefonaten gegangen war.

Florian war immer noch fassungslos. „Ein Nachahmer, auf die Idee muss man erst einmal kommen."

Karin räusperte sich, um auch etwas zu sagen. „Warum steht dann jetzt ein Umzugswagen vor Zwiebels Tür?"

„Des hatte Frau Zwiebel wohl scho länger geplant. Des hat nix mit den aktuellen Ereignissen zu tun."

Während Karin versuchte, die Nähe von Thomas und die Spannung zwischen ihnen auszublenden, forschte Florian weiter. Immerhin kam noch ein möglicher Nachbar als Täter in Frage.

„Aber wer war es dann?"

Thomas Freymann deutete auf den Bayerischen Boten, der immer noch auf dem Krankenbett lag. „Da kemma der Wahrheit scho ziemlich nahe."

„Lohmeier?"

Thomas grinste. „Tja, sei Frau is in dem Krankenhaus verstorbn, auf dessen Chefarzt der Anschlag geplant war. Außerdem hat er an Hintergrund, weshalb er frühzeitig aus dem Polizeidienst, sagn wir mal, *freiwillig* ausgeschieden ist. Seine Rechtsauffassung hat sich a weng radikalisiert."

Fabian starrte ihn fassungslos an. „Der Lohmeier war's also?"

„Na."

„Nicht?"

„Na. Auch net, des war a Münchner Taxifahrer, der den Tod seiner Frau rächen wollt. Wobei ich sagn muss, bei der Ermittlung, der Lohmeier stand ganz oben auf meiner Liste der Verdächtigen!"

Karin ging ein Licht auf. „Ach, deshalb bist du als verdeckter Ermittler nach Wasserburg gekommen?!"

„Na. Also nicht direkt."

„Wie kann man nicht direkt als verdeckter Ermittler eingesetzt werden?"

„Also guat, dann passt's auf. In der Drogenszene bin i mittlerweile, wir sagn „verbrannt". Da hab i über zehn Jahr im Untergrund gearbeitet, des geht jetzt nimma. Und i wollt von Wiesbaden nach Bayern zurück. Nix gegen Wiesbaden, aber Dahoam gfühlt hab i mi nie. Deshalb hab i mi nach offenen Posten umgschaut."

„Und in Wasserburg wird für die Polizeiwache ein neuer Leiter gesucht", Florian hatte haarscharf kombiniert.

„Genau. Und bei der Kripo Rosenheim san a a paar Stelln offen. Aber bevor i mi bewerb', hab i mir gedacht, schau i erst amal, ob i es in so oana Kleinstadt überhaupt aushalt. Und währenddessen bin i angfragt wordn, ob i an Blick auf den Fall vom vergifteten Schnupftabak werfen könnt. Da i ja scho da war."

„Und, hältst du es aus?" Florian bestritt das Gespräch, aber die Spannung zwischen Thomas und Karin war mittlerweile am Siedepunkt. Die alles entscheidende Frage, ob es hier eine Zukunft zwischen den beiden gab.

„Mei, oa Problem gibt's da scho!"

„Jaaaa?" Musste Florian diesem Muskelprotz alles alleine aus der Nase ziehen?

„Mei, die Nachbarn!"

„Was ist mit den Nachbarn?"

„Mei, da is so a Katz. Seit die einmal so an Drogenrausch ausgsetzt war, jagt die jetzt immer mei arms Hunderl."

„Was?" Endlich ein erstes Wort von Karin.

Thomas, alias Sebastian legte seine Hände leicht auf Karins Schultern, während er ihr tief in die Augen blickte.

„Dein Streuner jagt meinen Killer! Mei armes Viech is scho ganz verstört und traut sich nimmer aus'm Haus."

Karin starrte ihn entgeistert an, dann prustete sie los, lachte und lachte. Als sie wieder atmen konnte, strahlte sie Thomas an, als wären sie beide allein im Raum.

„Na dann, auf a guade Nachbarschaft!"

Literatur-/Quellennachweise

www.netdoktor.de

Texterklärungen

(Übersetzung Bayerisch-Deutsch)

(1)   Verhau = Unordnung

(2)   Maurerloabin = Kümmelbrötchen

(3)   in diesem Fall „Regensburger" = Wurst

(4)   Haferlschuhe = Trachtenschuhe

(5)   Filzen = Moorlandschaft

(6)   in diesem Fall „Leich" = Beerdigung

Vergelt's Gott!

Ulrike Krauth für die Supervision, **Ulrike Scholtz**, **Karen Becker**, „meine" Autorinnengruppe für ihre zielführende Kritik, gute Ideen und Aufmunterung während meiner „Zweifelphasen".

Diana Metzig-Bartl für die Umschlaggestaltung.

Andrea Issermann, Tanja Illmann, Gabi Posch für's Korrekturlesen und besonders **Karina Przybilla** für das Lektorat.

Herrn **Markus Steinmaßl** für die umfangreiche Führung durch die Polizeidienststelle Wasserburg.

Föhrer Snupkroom für die Einsicht in die Bonbonherstellung und das Hintergrundwissen zu alten Bonbonmaschinen

Meinhard für seine Geduld, seinen Zuspruch und die Layoutgestaltung dieses Buchs.

Und zum Schluss:

Bitte versuchen Sie nicht, die in dem Buch beschriebene Methode anzuwenden, Ihre Katze zu betäuben! Hände weg von der Katz'!

Die Murner Filzn wird re-naturiert. D. h., keine Haftung, wenn Sie sich die Haxn brechen, oder Ihnen ein Ast auf den Kopf fällt.

Bisher erschienen

Doris Zielke
STROMGÄNGER
Historischer Roman

Anno 1525 Wasserburg am Inn

Als wäre es nicht schlimm genug, dass die junge Witwe den zwielichtigen Theo heiraten muss, der die Seilerwerkstatt ihres verstorbenen Mannes übernimmt. Als an ihrem Hochzeitstag auch noch von einer geheimnisvollen Unbekannten zwei Säuglinge bei ihr abgegeben werden, ist für Hanne klar, dass es sich bei den Kindern nur um den unehelichen Nachwuchs ihres neuen Gatten handeln kann. Doch nichts ist, wie es scheint. Denn hinter einem der Kinder verbirgt sich ein dunkles Geheimnis.

Sie erhalten das Buch in allen Wasserburger Buchläden,
oder direkt beim Verlag Buch am Bach:
info@buchambach.de
sowie als Ebook bei allen großen Anbietern

Zeitfracht Medien GmbH
Ferdinand-Jühlke-Straße 7
99095 Erfurt, Deutschland
produktsicherheit@kolibri360.de